LETTRE

D'UN ÉLECTEUR DE PARIS,

A UN ÉLECTEUR DES DÉPARTEMENS.

IMPRIMERIE DE DONDEY-DUPRÉ,

Rue St.-Louis, N°. 46, au Marais.

LETTRE

D'UN ÉLECTEUR DE PARIS

A UN ÉLECTEUR DES DÉPARTEMENS,

Sur la situation de la France, sur les événemens des
dernières Sessions, et sur les besoins de l'ordre et
de la Constitution dans les Élections prochaines.

A PARIS,

Chez PONTHIEU, Libraire au Palais-Royal, galerie de bois,
N°. 201.

OCTOBRE 1820.

LETTRE

D'UN ÉLECTEUR DE PARIS

A UN ÉLECTEUR DES DÉPARTEMENS.

Paris, ce 15 Octobre 1820.

MONSIEUR,

Au moment de faire usage de votre droit électoral, vous avez désiré connaître mon opinion
sur notre situation politique, sur la marche du
gouvernement et sur la conduite respective des
partis ; vous vous défiez, avec raison, des efforts
tentés en sens divers pour abuser de votre éloignement du théâtre des affaires, afin de s'emparer de votre suffrage, en vous présentant les
événemens sous un point de vue faux ou partial ;
et en vous montrant l'intérêt de la France où ne
se trouverait réellement que celui d'une faction.
Vous croyez que ma résidence au sein de la
capitale peut me mettre à même de vous donner,
en quelque sorte, le secret des hommes et des

choses ; je tâcherai de justifier votre confiance , et je ne connais pas de meilleure méthode pour y parvenir, que de suivre une route opposée à celle des écrivains de parti ; ils vous envoient de Paris des opinions toutes faites ; je tâcherai seulement de vous fournir les moyens d'en avoir une qui soit à vous. Ils poussent à outrance des raisonnemens souvent assez faibles à leur base , afin d'en tirer des conclusions exagérées ; je m'appliquerai, au contraire, à découvrir ce qu'il y a de positif au fond de leurs déclamations et de leurs assertions systématiques , et je ferai, dans les conclusions, la part la moins forte possible à l'imagination et aux conjectures ; enfin , c'est presque toujours à vos passions qu'ils s'adressent; c'est seulement à votre raison que je parlerai.

C'est une erreur fort dangereuse et fort répandue de croire les trois pouvoirs législatifs destinés , par la constitution , à représenter, chacun exclusivement, l'un des trois intérêts , monarchique , aristocratique et démocratique. Quelque séduisante que paraisse cette manière de considérer le système représentatif, la plus simple réflexion suffit pour faire voir ce qu'elle a de défectueux et de sophistique. Il n'est pas d'homme si peu versé dans les sciences mécaniques qui ne sourît de pitié à la seule pensée de faire concourir, à un même produit, trois

rouages, dont l'un serait destiné à agir offensi-
vement contre les deux autres ; comment donc
espérer aucun résultat satisfaisant d'un système
politique où les trois élémens de souveraineté se
trouveraient en hostilité perpétuelle, où un de
ces élémens deviendrait pour les autres un objet
de défiance et d'alarmes ?

Et la pratique vient ici parfaitement à l'appui
du raisonnement : dans le gouvernement anglais,
le seul où le système représentatif soit, depuis
long-tems, en vigueur, nous voyons les libertés
du peuple trouver dans la chambre des lords des
défenseurs aussi vigilans que dans la chambre
des communes ; nous voyons celle-ci, composée
en très-grande partie sous l'influence de la haute
aristocratie, protéger, avec un zèle égal, les intérêts populaires, ceux de la propriété et de la
royauté ; et le ministère qui représente cette dernière, ne pourrait exister vingt-quatre heures s'il
n'était pas en harmonie de vœux et d'efforts avec
la majorité des deux chambres. De même, on s'a-
perçoit déjà en France que la chambre des pairs,
loin d'être animée d'aucun esprit de domination
dangereux pour la liberté publique, est très-dis-
posée à faire servir les hauts priviléges dont elle
est investie, à l'affermissement de cette liberté ; et
l'on a pu remarquer, dans la royauté, une dis-
position aussi favorable au peuple toutes les fois

qu'elle n'a pas eu à trembler pour sa propre existence.

Rien n'est donc plus opposé à la raison et à la
vérité que l'opinion où sont un grand nombre
d'électeurs que la chambre des députés doit,
d'après la constitution, être composée dans cet
esprit d'opposition contre l'aristocratie, et d'hostilité contre le pouvoir qui caractérise l'intérêt
démocratique. Il faut, au contraire, que cette
chambre laisse toute la sécurité nécessaire aux
supériorités sociales et à la royauté ; il faut qu'elle
respecte toutes les prérogatives de la couronne ;
qu'elle voie, sans jalousie, la grande propriété,
les illustrations anciennes et nouvelles, l'aristocratie, enfin, telle qu'elle existe par la Charte,
pour que la royauté et la pairie puissent travailler,
d'accord avec elle, à la prospérité commune,
qui est l'unique but de toute société.

Je vous demande la permission de donner
quelque suite à ces réflexions, parce qu'elles
nous serviront à juger les événemens dont j'aurai,
plus tard, à vous entretenir.

Lorsque, par une concession de l'autorité
royale, deux chambres se trouvèrent instituées
pour concourir à la fixation de l'impôt et à la
création des lois, l'intention de l'auteur de la
Charte ne fut certainement pas de tirer, du sein
de la société, les intérêts incompatibles qu'elle

pouvait recéler, de les ériger en pouvoirs rivaux; de les mettre en présence, afin que le
plus fort subjuguât les plus faibles, et s'em-
parât du gouvernement ; mais il voulut que tous
les intérêts légitimes eussent des organes dans
le sanctuaire de la législation, afin qu'aucun
d'eux ne fût lésé dans les lois qui seraient mises
en discussion ; et, il faut le remarquer, cette intention du monarque législateur était la seule
qui fût équitable, qui fût morale, qui fût pater-
nelle ; c'était une part de souveraineté qu'il donnait aux électeurs pour l'exercer dans l'esprit
de la souveraineté, c'est-à-dire, dans l'intérêt
de l'ordre, de la justice, de la liberté et de la
société toute entière.

C'est donc dans l'intérêt de l'ordre que les
électeurs doivent faire usage du droit qui leur
est attribué par la Charte, et non pas dans l'intérêt des passions démocratiques.

Or, il importe de définir exactement ce que
c'est que l'ordre, pour savoir s'il était ou non
compromis par la tendance des élections précédentes, et ce qu'il exige de nous dans les élections prochaines.

L'ordre existe, ou par le despotisme, quand
une des forces du corps politique s'est élevée
au-dessus des autres, les a subjuguées et les tient
captives ; ou par la liberté, quand ces forces,

calculées et réglées par la constitution, sont livrées à leur action dans des limites que les lois ont déterminées. Dans le premier cas, les rouages du système social sont immobiles sous la main puissante qui les enchaîne ; dans le second, ils marchent avec harmonie, d'après leur arrangement primitif, ouvrage d'une sagesse supérieure qui doit toujours être présente au milieu d'eux pour la conservation de leur accord.

Cette sagesse nous dit d'abord qu'il existe un ordre universel qu'aucune nation ne pourrait enfreindre sans s'exposer aux plus graves dommages. Loin de moi l'odieuse pensée que les cabinets étrangers doivent exercer aucune influence sur la marche de nos affaires ; mais je ne crains pas de heurter des sentimens de patriotisme dont je partage toute la susceptibilité, en répétant, avec un écrivain de l'opposition (1), *que la France n'aura rien à craindre de l'Europe, tant que l'Europe n'aura rien à craindre de la France.* L'Europe a sanctionné la Charte ; elle a cru que le régime constitutionnel, adopté avec bonne foi par la nation française, donnait toutes les garanties nécessaires aux principes sur lesquels repose la civilisation chrétienne ; elle ne serait donc pas en droit de s'alarmer de ce ré-

---

(1) M^r. Guizot : *du Gouvernement français, etc.*

gime, tant qu'il n'appellerait pas au pouvoir des ennemis reconnus de ces principes, tant qu'il ne serait pas dénaturé dans la pratique, jusqu'au point de menacer le trône et la propriété d'un nouveau bouleversement. Il me semble que cette juste appréciation de notre situation à l'égard de l'Europe mérite une certaine attention de la part des électeurs, amis de la paix et de l'indépendance nationale.

En reportant nos regards sur les diverses parties du système social, dont la liberté et l'harmonie sont la double condition de l'ordre, nous trouvons que la religion de l'état, la royauté, la pairie sont, par la nature des choses, autant que par la Charte, destinées à exercer leur action dans le sens et d'après le mouvement qui leur est propre, sans qu'il soit possible à la démocratie de changer ce mouvement autrement que par des voies de fait, des abus de majorité, des atteintes formelles à l'ordre et à la constitution.

On conçoit, en effet, qu'il est impossible à l'église de France de ne pas faire tous ses efforts pour remettre en vigueur les idées religieuses dont elle possède le dépôt ; de ne pas combattre l'incrédulité et l'esprit du siècle ; de ne pas faire usage de ses armes spirituelles, pour ramener dans son sein les consciences ébranlées par la philosophie moderne. On conçoit que toute action de la puissance temporelle qui serait contraire aux statuts particuliers de cette église, mettrait la gloire du martyre du côté du clergé, et l'odieux de la tyrannie du côté du pouvoir.

De même, on conçoit qu'il est impossible à la royauté de céder à des idées, à des prétentions, à des doctrines qui entraîneraient son exclusion dans leurs conséquences ; on conçoit qu'elle ne pourrait, sans un véritable suicide, renoncer à cette légitimité qui ajoute à sa force l'imposante autorité de huit siècles d'existence ; on conçoit enfin que tout abus du droit électoral qui convertirait la chambre des députés en une nouvelle convention, ne serait qu'un attentat révolutionnaire qui montrerait d'un côté le roi de France, et de l'autre, une assemblée de jacobins.

Ainsi la pairie ne pourrait adhérer à aucune mesure législative qui tendrait à détruire les supériorités sociales qu'elle représente, ou qui serait contraire à l'esprit de conservation qui réside en elle ; elle ne pourrait consentir à la suppression des majorats, ni à l'adoption d'aucune loi qui aurait pour principe ce dogme de l'égalité absolue qui violente les idées naturelles, menace toutes les propriétés, et fait parcourir rapidement au pouvoir toutes les dégradations des fortunes, depuis le petit propriétaire jusqu'au sans-culotte.

On peut donc reconnaître qu'il y a désordre
dans la société, quand la religion de l'état est com-
battue comme un obstacle à la marche des affaires,
et quand la liberté du clergé est supportée avec
impatience par l'undes pouvoirs législatifs.

Il y a désordre, quand la royauté est menacée
dans ses titres politiques, par la majorité de la
chambre élective, quand la liste de cette chambre
présente des noms fameux dans les fastes de la
révolution, par des voies de fait, par des attentats contre la royauté, par des opinions qui lui
sont incompatibles ; quand le principe de la légitimité est combattu au nom du dogme révolutionnaire de la souveraineté du peuple ; quand
la dynastie est attaquée dans l'amour du peuple,
par des déclamations journalières ; quand les défenseurs du trône, les royalistes, sont désignés
à la haine et à la défiance de leurs concitoyens,
par des calomnies banales soutenues avec persévérance ; quand on affiche le dessein de les opprimer, de les exclure du droit commun, en
avançant qu'ils demandent pour eux des droits
particuliers ; quand la dynastie est attaquée dans
son avenir par des insinuations et des manœuvres
dirigées contre les héritiers de la couronne.

Il y a désordre, quand la chambre élective
marche dans un sens opposé à la chambre héréditaire, quand la première se remplit chaque

année d'ennemis de l'aristocratie, d'intrigans et de démagogues.

Et comme la religion de l'état, la royauté et la pairie ne peuvent marcher que dans le sens qui leur est propre, l'ordre exige donc impérieusement que la chambre des députés soit composée de manière à ce qu'elle se trouve en harmonie parfaite avec les trois grands rouages du système politique, et cet heureux résultat doit être l'objet constant des efforts du gouvernement et de tous les bons Français qui desirent sincèrement l'établissement parmi nous du système représentatif.

Il ne vous échappera pas, monsieur, que pour atteindre un tel résultat, il n'est nullement besoin que la chambre des députés cesse de représenter spécialement les droits, les intérêts et les libertés du peuple. Ni la religion de l'état, ni la royauté, ni la pairie, n'exigent le sacrifice d'aucun de ces droits, d'aucun de ces intérêts légitimes, d'aucune de ces libertés ; tout ce qu'il faut seulement, c'est que cette chambre ne soit pas révolutionnaire; c'est qu'elle ne soit pas composée dans un esprit d'hostilité contre le trône et ses défenseurs, contre le clergé, contre les supériorités sociales, filles du tems ou de l'industrie ; c'est qu'elle ne tende pas à envahir la souveraineté sur les autres pouvoirs politiques, pour en disposer selon sa volonté, soit en faveur d'un despote de sa façon, soit en la réalisant dans ses mains sous la forme d'un prétendu gouvernement républicain, double hypothèse qui entraînerait également la chute de la constitution, l'oppression de tous les intérêts opposés, de toutes les idées religieuses, de toutes les opinions monarchiques, la perte de toutes nos libertés, et le retour, parmi nous, de ce régime de terreur et de tyrannie, affreuse nécessité de toute démocratie usurpatrice.

Les considérations dans lesquelles je suis entré pour découvrir ce que c'est que l'ordre dans les monarchies constitutionnelles, et à quelles conditions il se concilie avec la liberté, suffiront, je pense, pour vous faire apprécier à sa juste valeur cette expression d'*ordre nouveau* qu'emploient si souvent nos écrivains d'opposition, pour en imposer aux esprits superficiels. A proprement parler, il n'y a qu'un ordre dans l'univers, et cet ordre est éternel. Il a ses principes hors de l'homme; on peut l'offenser ou le renverser un moment, et les plus grands désastres sont la suite des atteintes qu'on lui porte; mais on ne saurait le remplacer par un autre : quelque forte que soit une assemblée démocratique, la nature des choses est toujours plus puissante qu'elle. La révolution a pu, dans son triomphe, faire tomber avec la couronne, la tête auguste qui la portait ; elle a pu faire périr des millions d'innocens, obliger les valets à *tutoyer* leurs maîtres, les enfans à refuser au vieillard les formules de la vénération ; elle a pu même proscrire du dictionnaire les expressions du respect et de l'obéissance ; mais elle n'a pu faire que les prétendus juges de Louis XVI ne fussent pas des régicides, que le supplice des innocens ne fût pas un assassinat ; elle n'a pu faire que les valets ne dépendissent pas du riche qui les payait, que les enfans n'éprouvassent pas, à la vue du vieillard, un sentiment de respect ; elle n'a pu, enfin, effacer des idées et des rapports des hommes, la soumission et l'obéissance. De même, il lui serait impossible d'élever la démocratie au-dessus de la royauté, de la religion de l'état, de l'aristocratie, sans priver toutes ces choses des droits et de la liberté que la Charte leur a reconnus, sans amener le désordre dans le système politique, et l'anarchie dans la société.

Toutes ces réflexions vous mettront à même de prononcer un jugement sain sur la situation où se trouvait la France à l'ouverture de la session dernière, et sur les événemens qui sont nés pendant cette session, ou qui l'ont suivie.

Quelques préventions favorables qu'on ait conservées à l'égard de la loi d'élections du 5 février,

on ne peut disconvenir que les produits de cette
loi, dans la chambre des députés, ne fussent évidemment hostiles, contre la religion de l'état,
contre la royauté, contre l'aristocratie ; la France
et l'Europe s'effrayèrent, en voyant entrer dans
la chambre, à chaque renouvellement, des hommes que la dynastie légitime avait toujours comptés parmi ses ennemis, la révolution parmi ses
apôtres les plus zélés : si ces hommes eussent re-
paru dans les affaires avec des opinions modifiées
par le tems et par l'expérience, personne n'aurait
pu ni s'affliger, ni s'alarmer de leur retour ; mais
il ne faut pas perdre de vue qu'ils furent nommés,
non pas *malgré* leurs antécédens, mais *à cause* de
ces antécédens, qu'on appelait alors *des gages
et des garanties*.

Ce fait n'est même plus contesté aujourd'hui
par le parti qui crut se fortifier de l'adjonction
de ces hommes : on s'efforce seulement de justifier leur intrusion dans la chambre élective,
à l'aide de quelques raisons qu'il importe de discuter ; on a dit par exemple qu'ils avaient été
nommés dans les départemens qui avaient eu le
plus à se plaindre du régime de 1815 : je n'exa-
minerai pas ici les motifs de plaintes qu'on a
puisés dans cette époque, objet de tant d'assertions contradictoires ; je demanderai seulement
si des griefs de cette nature, quelque sérieux

qu'on veuille les supposer, pouvaient légitimer
un véritable abus du droit électoral ; je demanderai si la probité civique autorisait des électeurs à choisir, pour concourir à la législation
d'une monarchie constitutionnelle, des hommes
dont les intérêts et les opinions étaient opposés
à la royauté ; je demanderai enfin, s'il était juste
et licite de se venger d'une exagération par une
exagération contraire, et de sacrifier ainsi les intérêts de l'ordre, de la constitution et de la patrie,
à des ressentimens personnels.

Mais, pour se faire une idée plus exacte de la
bonté de cette excuse, il suffit de penser, que ce
fut précisément sous le ministère le plus opposé
au système de 1815, que les choix hosiiles se re-
produisirent en plus grand nombre ; et que c'est
surtout en 1819, quatre ans après l'ordonnance
du 5 septembre, et lorsque le gouvernement du
Roi marchait à pleines voiles dans le sens de cette
ordonnance, que la tendance anti-monarchique
de la loi des élections se montra à découvert
par le choix d'un régicide.

C'est donc partout ailleurs que dans la conduite du gouvernement, qu'il faut chercher la
cause de ces nominations scandaleuses ; et ici
se révèle un vaste plan de conspiration , qui
n'a cessé, depuis la restauration, d'exister contre
le trône et contre les principes sociaux. Une

coalition d'écrivains, beaucoup plus riches par les dons de l'esprit, que par ceux de la fortune; de banquiers qui voulaient bannir de la société tous les avantages qui ne s'achètent pas avec de l'or; de courtisans qui n'avaient pu changer leur livrée verte contre une livrée bleue; d'anciens fonctionnaires habitués a regarder les revenus de l'état comme leur patrimoine; de généraux destitués de leurs commandemens pour en avoir abusé contre le trône légitime; de joueurs et d'intrigans qui cherchaient dans le désordre, des chances d'élévation et de fortune, que l'ordre ne pouvait leur offrir; une coalition enfin de tous les intérêts froissés par le retour de la royauté légitime, se forma au sein de la capitale, et résolut de s'emparer de l'opinion électorale et, par suite, de la chambre des députés, pour arriver à la conquête de la France. Organisée en club-directeur sous le nom de *société des amis de la liberté de la presse*, elle enrôla d'abord tous les jeunes écrivains, que la fougue de leur âge, le besoin de faire parler de soi, les demi-lumières qu'on rapporte des écoles, et l'excessive vanité qui accompagne ordinairement les premières excursions de l'esprit humain dans le domaine de l'intelligence, portaient à se jeter aveuglément partout où ils voyaient le mouvement et la licence. Le club-directeur leur offrit

donc les louanges de ses journaux, les secours de
sa caisse, l'appât de ses espérances, et il indem-
nisa par des récompenses pécuniaires, ceux
qu'atteignait de tems en tems la férule du procureur du Roi.

A l'aide de cette légion polémique, il fit saper les fondemens de la monarchie, et obscurcir
toutes les vérités ; il embrouilla toutes les idées
simples, et donna aux plus grossiers paradoxes
la force et la consistance des choses jugées.

Dès-lors cinq ou six journaux rédigés par les
chefs de ce comité, et, pour la plupart, soutenus
à grands frais par ses capitalistes, commencèrent
à agir quotidiennement sur l'opinion des départemens.

Tous les petits abus d'autorité, toutes les fautes
locales que produisent nécessairement les passions des hommes sous les administrations les
plus vigilantes, et dont le nombre est toujours
proportionné à la grandeur du territoire, recueillis avec soin par une correspondance active,
réunis en corps d'accusation, dans chaque li-
vraison de la Minerve, commentés et aggravés
par des écrivains consommés dans l'art de déna-
turer les faits, et de tirer des moindres événemens les plus grandes conséquences, vinrent
chaque semaine effrayer l'imagination des lec-
teurs, en leur montrant le gouvernement du Roi,

sous les couleurs les plus odieuses, en attribuant
à ses intentions les torts de quelques-uns de ses
agens subalternes, en présentant comme l'effet
d'un système d'oppression et d'injustice, des incidens partiels, qui n'étaient réellement combi-
nés que dans les pages du journal où ils se trouvaient réunis, en dépit de la distance des tems
et des lieux.

Non contente d'exploiter ainsi au profit de ses
desseins les événemens qui avaient quelques fondemens véritables, la faction sut trouver au gouvernement des torts qu'il n'avait pas, en donnant
à ses mesures les plus irréprochables, une couleur
anti-nationale et *illibérale*, propre à soulever contre lui, toutes les idées généreuses, tous les intérêts
nouveaux ; les ministres destituaient-ils un militaire de l'ancienne armée pour des faits relatifs à
son service, les journaux de la faction rappe-
laient avec ostentation, ses campagnes, ses bles-
sures, ses actions d'éclat ; c'était à cause de ses
services qu'il était écarté, c'étaient ses lauriers
qui importunaient les dépositaires de l'autorité
royale, c'étaient sa coopération aux succès de
la révolution qu'on avait voulu punir ; il avait
été calomnié par les ennemis de la gloire nationale, l'armée toute entière était offensée et menacée en lui. La même tactique s'employait à
l'égard de tous les hommes nouveaux que des

hostilités récentes contre le trône légitime, faisaient éloigner des emplois publics. Il était posé
en règle, que le gouvernement, quoi qu'il fît,
avait toujours tort, et que ceux qui l'attaquaient
ou qui l'avaient attaqué, à quelque époque que
ce fût, avaient toujours raison. Il n'était pas
d'homme tellement chargé d'iniquités révolutionnaires, qui ne fût érigé en Aristide par les
écrivains du parti. Il n'était pas de voies de fait
contre le pouvoir légitime, depuis la prise de la
Bastille jusqu'à la révolte des écoliers de nos
lycées, qui ne fût présentée comme une entreprise juste et nationale, et qui n'attirât les éloges
sur les séditieux, et le blâme sur l'autorité qui
avait essayé de les réprimer.

Par une politique plus habile encore, la faction qui savait très-bien que la royauté serait
réduite à une vaine abstraction, si elle n'existait
dans les affections et les opinions d'un grand
nombre de citoyens, résolut de l'isoler, autant
que possible, de la nation, en frappant d'in-
terdiction tous ceux dans le cœur et dans les
opinions desquels vivait la dynastie nationale.
Ainsi, les hommes qu'on avait appelés d'abord
royalistes, par opposition à ceux qui ne voulaient pas du Roi, se trouvèrent désignés, par
cette seule qualification, aux calomnies les plus
injustes et les plus absurdes; on commença par

les accuser de pousser jusqu'à l'exagération leur
amour pour le Roi; puis, on leur imputa des
ressentimens cruels et aveugles contre tous les
Français qui avaient pris part, de loin ou de près,
aux événemens bons ou mauvais de la révolution,
ou qui avaient servi la patrie sous le régime im-
périal; si ces royalistes avaient eux-mêmes oc-
cupé des emplois sous Bonaparte, c'étaient, di-
sait-on, des partisans du despotisme qui n'avaient
en vue que les intérêts de leur vanité, qui, au
fond, ne possédaient ni principes, ni conscience,
et qui n'ambitionnaient que le pouvoir, sous
quelque forme qu'il tombât dans leurs mains.
Si, au contraire, ils s'étaient tenus éloignés des
affaires pendant la longue absence de la royauté
légitime, c'étaient des hommes incapables, que
leur nullité seule avait empêchés de suivre le
torrent des événemens, et qui voulaient aujour-
d'hui se faire de cette nullité, des titres d'honneur et de considération exclusive. On voit qu'il
était impossible à aucun partisan de la monarchie, de se sauver de l'une ou de l'autre de ces
accusations. Les gouffres de Carybde et de Scylla
n'arrêtaient pas plus sûrement le navigateur, que
cette double catégorie ne frappait les royalistes.

Enfin, on en vint à les envelopper tous dans
une même calomnie, qui, il faut l'avouer, sim-
plifiait beaucoup les choses. On prétendit qu'ils

nourrissaient la secrète résolution de détruire le gouvernement représentatif, pour rétablir l'ancien régime, les priviléges, la dîme et les droits féodaux.

Au reste, que les regrets de l'ancien ordre de choses existassent dans les pensées de quelques vieillards effrayés du fracas du système représentatif, ou ruinés par la révolution, c'est un soupçon très-admissible, parce que ces regrets sont dans la nature des choses. Que l'espoir de voir rétablir les priviléges et les droits seigneuriaux naquît dans quelques imaginations malades en dépit de trente ans d'un nouveau régime et de la proclamation de la charte constitutionnelle, c'est encore une supposition croyable, parce qu'il n'est pas d'idée si extravagante, qui ne puisse trouver place dans les chances de la folie humaine. Mais ce qui est véritablement absurde, c'est de vouloir étendre cette imputation sur tous les hommes, jeunes ou vieux, simples ou éclairés, pauvres ou riches, nobles ou roturiers, qui s'opposaient aux hostilités et aux progrès d'une faction ennemie du trône, malgré les protestations journalières qu'ils faisaient solennellement de leur amour pour le régime constitutionnel, et malgré le préjudice personnel que le rétablissement du système féodal aurait causé à la plupart d'entre eux.

En dépit de cette absurdité, elle fut répétée, pendant plusieurs années, avec tant d'effronterie et de persévérance par les révolutionnaires , qu'elle prit toute la consistance d'un fait certain, et qu'il n'y eut plus en France, que les ennemis de la royauté légitime, qui ne voulussent pas le retour de la féodalité, des priviléges nobiliaires, des dîmes, des rentes et de tous les fantômes du moyen âge. Voilà, Monsieur, quel cas font de la raison du peuple, les hommes qui lui parlent sans cesse des progrès des lumières et des conquêtes de la civilisation.

Quand la faction eut fait prévaloir cette sottise contre tous les partisans de la royauté légitime, il ne fut plus possible au gouvernement d'employer un seul royaliste, sans se voir sur-le-champ accuser de partager les intentions qu'on leur avait imputées. Je ferai voir quel grand parti l'opposition sut tirer de ce moyen dans la dernière session; remarquons seulement ici, que, par suite de ce système de calomnies, la royauté se trouva bientôt entre ses amis, discrédités et impuissans, et ses ennemis, accrédités et puissans. C'est où l'attendait la faction.

Ce fut au milieu des développemens de cette politique que le parti révolutionnaire recueillit, à chaque renouvellement de la chambre, les fruits de son astucieuse adresse et de son activité ; tandis que tous ses journaux indiquaient publiquement aux départemens les candidats qu'ils devaient élire conformément à la liste qui avait été arrêtée à Paris (1), le comité-directeur envoyait sur les lieux des commissaires pour influencer les élections. Ses courriers se croisaient sur toutes les routes, et les dépenses qu'occasionnaient toutes ces intrigues se payaient à bureau ouvert.

Au reste, il est très-essentiel d'observer que les hommes qui agissaient si puissamment sur l'opinion des électeurs, n'obtinrent des succès si funestes qu'en trompant le peuple français, qu'en déguisant le but véritable de leur coalition, sous des couleurs propres à séduire les hommes simples et généreux, que leur éloignement des affaires livrait sans défiance aux combinaisons des ennemis de l'ordre ; ainsi, ils se gardèrent bien de dire d'abord : nous sommes des jacobins et des révolutionnaires, et nous voulons prendre de vive force, sur la royauté, le pouvoir qui nous repousse à cause de nos antécédens ; mais ils dirent: nous sommes des *libéraux*, des constitutionnels, des défenseurs de la

---

(1) On prenait alors si peu de soin pour cacher la direction centrale des opérations électorales, que la même liste de candidats parut le même jour, dans le même ordre, et avec les mêmes expressions, dans tous les journaux de la faction.

liberté publique, et de la gloire nationale. Ils
ne dirent pas : nous sommes les ennemis de la
dynastie légitime; mais ils dirent : nous sommes
les ennemis du despotisme, nous voulons le
triomphe des principes constitutionnels, le règne
des lois et le maintien de la Charte. Quand ils
ouvrirent leur fameuse souscription du Champ
d'Asile, ils ne dirent pas : il s'agit de donner, à
la face du gouvernement royal, un témoignage
d'intérêt à des hommes qui ont tiré l'épée contre
les Bourbons; mais ils dirent : il s'agit de venir au
secours d'une centaine de Français, braves et
que les orages politiques ont jetés sur une
terre inculte. De même, dans la souscription,
dite *nationale*, ils ne dirent pas : nous voulons
rendre nulle la loi d'exception dont la majorité
des chambres vient d'armer le ministère; ils ne
dirent pas : nous voulons offrir de fortes sommes
d'argent, à tous ceux qui se mettront dans le cas
d'être arrêtés, comme prévenus d'attentats contre
le trône légitime et contre la famille royale ; mais
ils dirent : nous demandons des secours pour
adoucir la captivité des malheureux qui langui-
raient, sans jugemens, dans les cachots, victimes
d'une arrestation arbitraire. Toujours, c'est sous
un masque de philanthropie et de bienfaisance
qu'ils se sont montrés au peuple, pour l'entraîner
dans leurs desseins de factions. N'est-ce pas un

hommage rendu par eux aux idées généreuses et
aux bons sentimens de ce peuple, qui les aurait
bien certainement désavoués, s'il eût pu, comme
nous, les voir à découvert.

C'est ainsi, monsieur, qu'un si grand nombre
de bons Français se sont vus entraînés à des actes
d'hostilités contre le trône légitime, et sont de-
venus, à leur insu, les instrumens des coupables
desseins d'une poignée d'intrigans et d'ambitieux,
dont ils ne partageaient, bien certainement, à
l'origine, ni les intérêts, ni les opinions, ni les
antécédens, ni les vœux. Sans-doute beaucoup
de citoyens estimables ont été emportés fort loin,
sous les bannières d'une faction qui, à l'école de
Bonaparte, avait appris le grand secret de com-
promettre les hommes pour les attacher à sa
cause ; mais je ne doute nullement, qu'éclairés
par les événemens récens qui ont mis dans un
jour si éclatant la tendance du parti dont ils ont
suivi la bannière, ils ne se hâtent de l'abandonner,
quand ils seront, surtout, bien convaincus qu'aucun autre parti ne songe, en France, à trouver
le salut commun ailleurs que dans la Charte
constitutionnelle, et dans les institutions qui
en découlent, sous la double condition de l'ordre
et de la liberté.

Peut-être, Monsieur, auriez-vous quelque
peine à admettre, sur de simples assertions, l'exis-

tence de ce comité-directeur qui a si long-tems usurpé le gouvernement d'une partie de la France; mais, comme je n'avance rien que je ne sois à même de prouver, je vous citerai les journaux qui ont publié les séances régulières de ce comité (1), séances dans lesquelles on discutait des projets de loi avant qu'il en fût question à la chambre. Des généraux, des députés, des pairs de France, des journalistes, tous attachés à la même cause, assistaient à ces séances, qui, comme le parti dont cette assemblée était la tête, réunissaient beaucoup de dupes à quelques factieux déguisés en *libéraux*.

Si quelque chose pouvait vous convaincre de la tendance révolutionnaire de cette faction, c'est le résultat, tout-à-fait infructueux, des efforts qu'à faits le gouvernement pour la satisfaire dans tout ce qu'elle avait d'ostensible et d'avoué. Elle s'effrayait, disait-elle, de voir les emplois de l'administration confiés à des fonctionnaires, qui avaient fait exécuter des mesures rigoureuses contre les chefs de la révolution du 20 mars, elle accusait ces fonctionnaires de réactions ; ils furent remplacés par des hommes étrangers à ces mesures : elle demandait la suppression des lois d'exception ; ces lois furent abandonnées: elle

_____

(1) Pièces justificatives n°. 1.

demandait une loi qui appliquât le jury aux délits de la presse ; cette loi fut présentée : elle demandait que le ministère rompît toute alliance
avec l'ancienne majorité de 1815; cette alliance
fut convertie en une hostilité ouverte : elle demandait la réorganisation de l'armée ; cette armée
fut réorganisée : enfin, elle demandait que le
ministère portât aux élections des candidats qui
eussent donné des gages à la révolution ; plusieurs renouvellemens s'effectuèrent dans ce
sens, et, par parenthèse, presque tous ces députés nommés sous l'influence du ministère, ont
fini par se tourner contre lui, et par faire cause
commune avec la faction qu'il essayait vainement
de satisfaire.

Loin que cette condescendance du gouvernement royal pour les opinions avouées de cette
faction, appaisât l'animosité qu'elle avait dé-
ployée contre le trône, changeât la tendance
révolutionnaire de ses écrits, de ses discours, de
ses entreprises d'opposition, il fut trop facile de
se convaincre que tout ce qu'on avait fait pour
la désarmer, n'avait servi qu'à donner un nouvel
essor à ses espérances, qu'à augmenter ses forces
et son arrogance, qu'à lui fournir enfin de nouveaux moyens pour envahir les autres pouvoirs,
et pour mettre le désordre dans l'état; elle trou-
bla la session de 1818 par une tentative pleine

de hardiesse, qui menaçait ouvertement la dignité royale, et qui portait une atteinte funeste aux principes de la monarchie. Elle demanda impérieusement le rappel des régicides. Des pétitions rédigées dans les bureaux du comité-directeur, furent envoyées par lui dans plusieurs communes rurales ; elles revinrent à la chambre, couvertes des signatures d'un grand nombre de citoyens qui croyaient tout simplement s'unir à des motifs d'humanité, pour des vieillards que la clémence du Roi avait déjà protégés une fois contre la raison monarchique qui les excluait du royaume, mais qui, sortis au 20 mars du refuge que la Charte leur avait ouvert, ne pouvaient plus être évoqués dans nos discussions, que par l'effet d'un intérêt spécial évidemment hostile.

Cette tentative scandaleuse en faveur des régicides, échoua complétement devant la loyauté de l'assemblée, et si, plus tard, un ministre crut devoir conseiller au roi d'accorder à plusieurs d'entre eux malades ou infirmes, la permission de revenir chercher un tombeau dans leur patrie, le temple de la clémence, selon l'heureuse expression d'un écrivain royaliste, ne fut pas, du moins, emporté de vive force par des factieux ; les principes sociaux et l'honneur national furent sauvés.

Ainsi la faction mettait chaque jour dans une nouvelle évidence le funeste esprit qui l'animait : fortifiée dans la chambre par l'arrivée de plusieurs députés que nos assemblées révolutionnaires avaient comptés parmi les apôtres du dogme de la souveraineté populaire et de l'égalité absolue, ou que le fatal 20 mars avait gravement compromis avec la dynastie légitime, elle ne laissa échapper aucune occasion de réaccoutumer les oreilles françaises aux mots classiques de l'anarchie, d'attaquer les principes monarchiques, la religion de l'état, l'aristocratie ; de soulever les passions populaires contre le gouvernement et contre les supériorités sociales ; d'alarmer les possesseurs des domaines *nationaux*, et de jeter dans les débris de l'ancienne puissance militaire des semences de mécontentement et de jalousie. La tendance de cette opposition qui n'avait besoin que de deux renouvellemens pour se trouver en majorité dans l'assemblée, alarma vivement la chambre héréditaire. On voyait que la loi des élections du 5 février favorisait cette tendance ; on voyait que les intrigues du comité-directeur trouvaient des moyens trop faciles de s'exercer sur des électeurs arrachés à leurs localités, privés des conseils des hommes en qui ils pouvaient avoir confiance, et livrés, dans les chefs-lieux de départemens, aux

intrigans et aux ambitieux, qui choisissent ordinairement pour leurs résidences les principales
villes des provinces; on voyait enfin qu'un grand
nombre d'électeurs n'avaient pas pris part aux
dernières opérations des colléges, par la distance
où ils se trouvaient de l'urne électorale; on résolut donc, dans cette chambre, de modifier la
loi du 5 février, de manière à obtenir une expression plus vraie de l'opinion publique, et
une proposition fut faite, dans ce sens, par un
noble pair, dont le caractère et les antécédens
devaient repousser tout soupçon d'une intention
partiale ou d'une arrière-pensée inconstitution-
nelle. On sait que cette proposition fut adoptée
par la chambre des pairs à une forte majorité,
et si le gouvernement n'eût pas su prendre alors
en grande considération l'ébranlement qu'éprou-
vait le crédit public à la suite des opérations dé-
sastreuses de la bourse de Paris, s'il n'eût pas
voulu tenter un dernier effort pour s'attacher les
intérêts populaires, pour dissiper toutes les préventions que la faction avait soulevées contre
lui, et pour ne laisser aucun sujet de plaintes et
d'hostilité à ses implacables adversaires, la proposition eût pu, dès ce moment, être admise à
la chambre des députés.

Il crut sans doute que cet essai pouvait être
tenté avec d'autant moins d'hésitation, qu'il fal-

fait encore deux renouvellemens, pour que la laction révolutionnaire se vît en possession de la majorité dans la chambre des députés. Il s'opposa donc, de toute son influence, au changement de la loi du 5 février, et, comme l'esprit de la pairie se trouvait déjà à quelque distance de cette loi démocratique, le ministère se vit forcé de briser la majorité de la chambre des pairs, par une adjonction de soixante membres choisis presque tous parmi les illustrations nouvelles.

Toutefois, Monsieur, cette grande mesure du gouvernement éprouva de sévères censures, dont, aujourd'hui plus que jamais, il serait impossible de contester toute la justesse. On vit un grand danger pour le système représentatif, à modifier le corps le plus grave de l'état, celui qui semble institué tout exprès pour résister au torrent des passions démocratiques, aux entreprises et aux succès passagers des factions, celui qui doit rester immobile dans ses intérêts et dans ses prérogatives politiques, comme pour avertir le gouvernement des déviations où il pourrait se laisser entraîner; on vit, dis-je, un danger réel et une sorte de contre-sens constitutionnel à le modifier selon la situation morale du pouvoir le plus mobile de la société, de celui qu'un retour de l'opinion électorale ou une dissolution prononcée du haut du trône en vertu de la préro-

gative royale, pouvait changer d'un jour à
l'autre.

Quoiqu'il en soit des objections qui s'élevèrent contre cette mesure, toujours est-il certain
qu'elle eût dû satisfaire pleinement le parti
populaire, lever tous les doutes qu'on affectait
de concevoir sur les intentions du ministère,
et rallier autour de lui l'opposition démocratique.
Il n'en fut cependant pas ainsi, et la session ne
fut remplie que d'hostilités toujours plus vio-
lentes contre le trône.

Les élections de 1819 vinrent réaliser, par les
plus effrayans résultats, les progrès qu'avait
faits la faction, par les efforts même qu'on avait
tentés pour satisfaire l'opinion dont elle avait
usurpé les rênes. La minorité se trouvait en
mesure de prendre une attitude offensive, et de
recourir aux moyens révolutionnaires, aux premières résistances que le ministère voudrait opposer à ses prétentions. Il n'y avait donc rien à
gagner avec elle en usant de ménagemens à son
égard, et il y avait tout à perdre ; car si la session se passait sans qu'on changeât la loi d'élections dont elle s'était rendue maîtresse, il devenait impossible de sauver la monarchie avec la
constitution. Le changement de cette loi fut donc
formellement résolu, et, comme on prévoyait à
quelles extrémités devait nécessairement se por-

ter un parti qui combattait pour son existence politique, il paraissait indispensable d'armer la royauté d'une force extraordinaire, pour la mettre à même de repousser les attaques qui pourraient être tentées hors de l'enceinte constitutionnelle ; l'expérience n'a que trop prouvé combien cette prévoyance était fondée.

Mais ce n'était pas seulement l'intérêt de la royauté qui commandait l'adoption d'une loi d'élections propre à corriger promptement la direction que prenait la chambre des députés ; c'en était fait du système représentatif, c'en était fait de la Charte, c'en était fait de la paix intérieure et extérieure, de la société toute entière, si la minorité devenait la majorité : il suffit, en effet, d'arrêter sa pensée sur l'esprit qui animait cette minorité, pour se convaincre qu'il était incompatible avec cette harmonie, qui doit, sous peine de désordre, régner entre les trois pouvoirs législatifs. Comment la royauté aurait-elle pu subsister en présence d'une chambre, où le dogme de la souveraineté du peuple aurait été proclamé par assis et lever, où on aurait chaque jour agité le drapeau tricolore du haut de la tribune aux harangues, où tous les ennemis de la dynastie auraient reçu des couronnes civiques, où tous ses amis, ses défenseurs, auraient été voués à la haine du peuple, où on aurait accumulé contre

eux les calomnies les plus odieuses, sans qu'une
voix s'élevât pour les justifier, où on les aurait
mis en interdit politique, en attendant qu'on pût
les persécuter ou les bannir? Comment la religion
de l'état aurait-elle pu conserver la prééminence
et la sécurité que la Charte a voulu lui assurer,
quand elle aurait été l'objet des attaques journalières des orateurs, dans une chambre où on aurait
proposé des projets de loi pour détruire la liberté
du corps ecclésiastique, pour le soumettre dans
son organisation, dans son action spirituelle, à la
puissance séculière; pour rompre l'unité de l'é-
glise, article de foi chez les ministres du culte
catholique et les fidéles de cette communion,
où l'on aurait enfin précipité l'église de France
dans un schisme pareil à celui de 92?

Comment la pairie aurait-elle pu marcher en
harmonie avec une assemblée de démagogues
qui aurait commencé par déclarer qu'elle par-
lait au nom du peuple souverain, qu'elle était
juge entre ses propres opinions et celles de l'autre
chambre, et qu'elle ferait un appel à la force
physique de la multitude, contre les pouvoirs
qui useraient de leur droit constitutionnel pour
résister à ses prétentions? Comment cette pairie
toute composée de priviléges héréditaires, et ins-
tituée pour défendre spécialement la grande propriété, les illustrations anciennes et nouvelles,

et toutes les supériorités sociales, aurait-elle pu
elle-même répondre de son existence, devant
une chambre qui se serait dite le seul organe de
la nation, qui aurait proclamé les droits naturels
pour les opposer aux droits acquis, et qui n'aurait voulu reconnaître de supériorités dans la société que pour les opprimer et les détruire au profit des passions démocratiques ?

Je vous prie de croire, Monsieur, qu'en tra-
çant le tableau des désordres qui auraient eu lieu
dans notre système politique , si on avait laissé
la loi du 5 février produire une année de plus
ses redoutables fruits, je ne me suis pas livré à
de vaines hypothèses sur la conduite qu'aurait
tenu la chambre des députés ; je n'ai rien allégué
au sujet de ces prétentions, de ces doctrines,
de ces entreprises, que vous ne trouviez dans
les discours des orateurs du côté gauche à la session dernière ; ces discours, direz-vous, n'étaient
que des déclamations de tribune : cela est vrai ;
mais que manquait-il à ces paroles pour donner
lieu à des propositions de lois dans le même esprit, ou à des voies de fait révolutionnaires ?
Vingt ou trente députés ajoutés à la minorité par
le renouvellement d'un cinquième : dès-lors, la
majorité se serait trouvée telle que je l'ai dé-
peinte, et le Roi n'aurait pu , sous l'empire de
la loi du 5 février, faire usage de sa prérogative

en dissolvant une telle chambre, sans s'exposer à voir arriver une nouvelle convention nationale, événement qui nous conduisait inévitablement hors de la Charte constitutionnelle, soit que la royauté l'eût emporté sur la démocratie, ou que la démocratie eût renversé la royauté.

Ce fut sous de telles auspices que s'ouvrit la session de 1819 : jamais, depuis la restauration, les circonstances n'avaient été si graves ; jamais tant d'élémens d'orages n'avaient obscurci notre horizon politique. Les premiers jours de cette session mémorable furent marqués par un échec du parti révolutionnaire : un régicide que ce parti prétendait introduire *comme un principe* dans la représentation nationale, fut exclu à une forte majorité, malgré les efforts de la faction. Depuis, cette faction a voulu se disculper de ce choix scandaleux, en soutenant que plusieurs royalistes de l'Isère avaient joint leurs votes à ceux des partisans de ce candidat, qui, sans ce renfort, a-t-elle dit, n'aurait pas obtenu un nombre suffisant de suffrages ; mais outre, que cette allégation a été solennellement démentie par les royalistes qu'elle inculpait, il n'en est pas moins certain, que le nom de l'abbé Grégoire figure parmi les candidats de l'Isère désignés, avant l'élection, dans les journaux-directeurs de la capitale (1) ; il

_____

(1) *Voyez* les Pièces justificatives, N°. 2.

n'en est pas moins vrai que ces journaux ont plaidé avec chaleur la cause de ce candidat, l'ont entouré de leurs éloges, protégé de leurs argumens, et qu'ils se sont unis d'efforts avec les orateurs du côté gauche, pour abaisser devant lui les barrières de la chambre où le frère de Louis XVI devait venir en personne prononcer le discours d'ouverture. La faction a donc beau se défendre aujourd'hui de cette élection régicide, ce candidat est sien; elle l'a présenté, elle l'a soutenu, et c'est malgré elle que les rangs des loyaux députés se sont resserrés à son approche.

Cependant le gouvernement, avant de prendre l'offensive contre le parti révolutionnaire par le changement de la loi des élections, avait à surmonter un grand nombre d'embarras qui entravaient sa marche, et laissaient aux ennemis de la monarchie, avertis par le discours royal du coup qu'on allait leur porter, le tems et les moyens d'élever l'irritation jusqu'à la hauteur des complots et des séditions. On ne peut disconvenir que le ministère ne trouvât dans sa position des difficultés qui auraient paru inextricables, si la nécessité ne lui eût prêté cette force qui est en elle, et qui peut seule lutter avec succès contre les plus grands obstacles.

Au milieu de ces embarras et des essais qu'on faisait pour en sortir, une catastrophe horrible

vint frapper la dynastie : le duc de Berry fut
assassiné ; la France consternée en jetant les yeux
sur son avenir n'y voyait plus les Bourbons, et,
je puis le dire aujourd'hui que la Providence a
réparé par un miracle le vide que cet attentat
laissait dans nos destinées, rien n'était plus
capable de redoubler le fatal essor des ambitions
révolutionnaires et des idées de désordre , que
le malheur d'une dynastie à laquelle on ne pouvait plus attacher que des affections et des espérances viagères. La révolution , malgré les cris
qui s'élevèrent contr'elle de toutes parts à la nouvelle de cette catastrophe , semblait donc devoir
recueillir l'horrible bénéfice de cet assassinat,
dont elle repoussait le fait avec horreur.

Il serait oiseux d'examiner ici cette question
de l'isolement du crime, sur laquelle la procédure
et le jugement de Louvel ont laissé un voile im-
pénétrable. Tout ce qu'on sait à cet égard, c'est
que ce criminel a déclaré, pour prouver l'ancien-
neté de sa résolution, des faits matériellement
faux (1) ; mais il est plus important d'observer
que le crime de ce fanatique n'a été, ainsi que
le prouve le discours qu'il a prononcé à la chambre des pairs, que l'affreuse application du dogme
de la souveraineté du peuple. Ce discours de

_____

(1) Voyez les pièces justificatives n°. 3.

Louvel et le jugement de Louis XVI sont deux monumens historiques d'une parfaite identité logique. Malheureusement le principe de cette logique infernale n'était pas *isolé* dans la tête du Séide révolutionnaire !

Je ne m'occuperai pas de suivre dans sa portée cette observation dont on n'a jamais contesté la justesse ; puisse-t-elle, du moins, convaincre les électeurs de l'impossibilité qu'une famille de rois existât au sein d'une société, où les dogmes de la révolution seraient solennellement proclamés et invoqués du haut de la tribune législative !

Il faut convenir au surplus que la conduite du gouvernement du Roi à la suite de cet horrible attentat, est pour nous une preuve irrécusable de la sincérité des résolutions du monarque pour le maintien du système constitutionnel.

Le ministère s'est renfermé strictement dans les voies légales, malgré tous les obstacles qu'il y rencontrait, parce qu'il est convaincu, avec la France, que la Charte renferme des élémens de salut pour tous les intérêts politiques, au milieu des périls les plus imminens que puissent courir le trône et l'ordre public, et qu'il n'est désormais pour nous d'autre gouvernement possible que le système représentatif, bien compris et bien appliqué aux vrais intérêts de notre société.

Ce fut sur cette donnée principale, sur la ré—

solution forte et loyale de faire triompher l'ordre constitutionnel, par les moyens qui sont en
lui, que se forma le présent ministère. Affranchi par sa nouvelle composition, de toutes les
animosités personnelles, que des hostilités réci-
proques avaient jetées, comme une barrière, entre l'administration et l'ancienne opposition royaliste, le gouvernement dut compter sur l'appui
sincère de tous les hommes qui, comme lui, voulaient sauver le trône et la Charte. On vit donc
les diverses nuances d'opinions qui partageaient
la chambre, se résoudre, pour ainsi dire, en deux
grandes divisions : celle de la monarchie constitutionnelle contre la révolution; celle de tous
les intérêts garantis par la Charte, contre la démocratie marchant à l'envahissement de la souveraineté, et par conséquent à la destruction de
la Charte, qui attribue cette souveraineté à l'accord des trois pouvoirs législatifs.

C'est dans cette situation qui laissait prévoir
une lutte extrêmement vive entre le ministère et
la minorité, que furent présentés les trois projets de loi, sur les journaux, sur la liberté individuelle et sur les élections. L'abus que le comité-directeur avait fait des journaux pour éga-
rer l'opinion publique, l'influence désordonnée
qu'ils étaient en possession d'exercer, et le danger d'une pareille arme dans les mains d'une mi-

norité qui commençait à placer ses espérances de triomphe hors de la chambre, motivaient cette mesure d'exception, qui d'ailleurs ne dépouillait aucun citoyen du droit que la Charte lui assure, de publier ses opinions; puisqu'elle laissait à la liberté de la presse, le champ illimité de l'imprimerie, depuis l'*in-folio* jusqu'au pamphlet.

Le second projet de loi, celui qui autorisait le gouvernement à faire arrêter, sur la signature de trois ministres, les prévenus de complot contre le Roi et contre l'état, trouvait sa nécessité dans les voies de fait, dans les séditions, dans les conspirations qu'on devait s'attendre à voir éclore, par suite des déclamations de la faction qu'on attaquait, et enfin, le troisième projet, celui des élections, était, comme nous l'avons prouvé, indispensable au retour de l'ordre et à la sécurité des intérêts légitimes et des droits acquis, que les doctrines et les entreprises de la démocratie mettaient en péril.

Il n'y avait donc dans ces mesures soumises à la discussion libre des trois pouvoirs, rien qui ne fût légal, rien qui ne fût constitutionnel, rien qui ne fût dans l'intérêt de l'ordre et de la Charte, rien enfin, qui ne fût conforme aux principes du gouvernement représentatif, et à ce qui se passe en des circonstances pareilles, dans les pays où ce mode de gouvernement est en pleine vigueur.

Aussi, la minorité n'a-t-elle pas attaqué ces mesures sous ce rapport ; mais elle en a pris occasion d'incriminer *les intentions* du ministère, en étendant sur lui les calomnies qu'elle avait soulevées contre *les intentions* des royalistes ; car il est très remarquable qu'elle n'a jamais pu dans cette lutte violente, où tous les principes sociaux étaient agités, trouver d'autres torts, d'autres griefs à ses adversaires, que les intentions qu'elle plaçait en eux ; moyen odieux, arbitraire justement réprouvé par la justice et la raison ; moyen qui seul eût suffi pour mettre en lumière le caractère et le dénument d'une faction réduite à employer de pareilles armes. Elle accusa donc le ministère de vouloir détruire la Charte pour rétablir le régime féodal, sans d'autre preuve à l'appui de cette imputation, que l'alliance du gouvernement avec des hommes qu'elle avait accusés tout aussi gratuitement, de nourrir secrètement le même dessein. Ainsi, c'est contre *des intentions*, qu'on soulevait les passions populaires ; contre *des intentions*, qu'on prêchait la révolte et la sédition ; contre *des intentions*, qu'on invoquait des voies de fait, et qu'on faisait chaque jour retentir aux oreilles des peuples, les mots d'insurrection, d'engagemens violés, de recours à la force, etc.

Dès-lors, il fut évident que la faction révolutionnaire voulait pousser les choses à outrance,
qu'elle allait user de ses dernières ressources,
en cherchant dans les intérêts qu'elle avait alar-
més, dans les passions qu'elle avait éveillées,
dans les erreurs qu'elle avait semées, dans les
haines qu'elle avait fomentées, un recours contre les trois pouvoirs constitutionnels réunis pour
la renverser. Afin de donner à cette tentative dé-
sespérée toute la force et toute l'étendue nécessaires à son succès, la minorité adopta un système de lenteurs et d'entraves dans la discussion des mesures qu'elle ne pouvait empêcher
d'être sanctionnées par la majorité des chambres :
des mois entiers s'écoulèrent dans ces orageux
débats, et chaque question fut maintenue à l'ordre du jour, long-tems après sa maturité, pour
donner le tems à chaque orateur, d'apporter son
tribut de violence et d'irritation au pied des di-
vinités infernales, dont on invoquait le perni-
cieux appui.

Il serait injuste d'attribuer à tous les membres
de la minorité, une part égale dans ces efforts
coupables de la faction démagogique ; sans doute
beaucoup de députés de l'opposition déploraient
les conséquences redoutables des extrémités auxquelles se portaient quelques-uns de leurs amis ;
mais que prouve cette différence dans la conduite

de gens qui défendaient la même cause ? Elle
prouve seulement, que dans la voie des révolutions, les hommes modérés sont toujours entraînés dans les entreprises de leur parti, et que ce
sont nécessairement les plus exaspérés et les plus
violens, qui occupent les premiers rangs de ce
parti.

L'irritation des esprits avait donc été portée
aussi loin que possible, par cinq mois de déclamations furieuses, de doctrines anarchiques, de
calomnies insignes, quand les troubles du mois
de juin vinrent alarmer les citoyens paisibles,
en ramenant des scènes de désordre dont la capitale n'avait pas eu le spectacle depuis les jours
désastreux de notre révolution.

Comme il importe, Monsieur, que vous puis-
siez porter un jugement sain sur les causes de
ces troubles, je crois devoir appeler un moment
votre examen sur les doctrines qui avaient été
professées à la tribune de la chambre, afin que
vous sachiez, qui, du gouvernement ou de l'opposition, peut être accusé d'avoir provoqué cette
sédition (1).

On accusait le ministère de vouloir renverser
la Charte; vous avez vu combien cette imputation était peu fondée, lorsqu'il s'agissait au

---

(1) Voyez les Pièces justificatives, N°.

contraire de sauver la Charte évidemment menacée par le triomphe d'un parti, dont les opinions étaient incompatibles avec l'existence de
deux des trois pouvoirs qu'elle institue.

Plusieurs députés de cette opposition avaient
dit formellement, que c'était pour le peuple un
droit et un devoir de recourir à la force, quand le
pacte constitutionnel était violé : or, tous avaient
assuré que ce pacte était violé, et, pour fortifier
l'autorité de leurs discours, ils avaient invoqué
l'exemple de l'Espagne et de Naples ; ils avaient
ajouté *que la France ne devait point se laisser
dépasser dans la marche de la civilisation et de
la liberté.*

C'est, Monsieur, une doctrine tout-à-fait anti-
sociale, que d'attribuer au peuple le droit de se
révolter dans de certains cas dont ses tribuns
se déclarent les juges ; il s'ensuivrait que les
mécontentemens personnels de quelques ambitieux désappointés, suffiraient pour *légitimer*
l'insurrection et les complots ; il n'y aurait ni
gouvernement, ni constitution qui pût tenir un
an, devant une chambre où de pareilles doctrines seraient en usage.

Plusieurs membres du côté gauche, n'avaient
pas craint non plus de rappeler le peuple à
l'exercice de ses droits naturels. Or, comme ces
droits naturels sont la première chose que les

hommes sacrifient, pour passer de l'état de nature à l'état social, il n'y avait ni propriété, ni
ordre, ni organisation politique, qui pût subsister, si ce dogme véritablement *radical*, était proclamé comme un principe, par les gens qui se
disent les organes de la nation.

Les mêmes députés avaient aussi affecté de
faire entrer, dans la discussion des projets de loi,
des regrets et des hommages à ce drapeau tricolore, dont l'image réveille à-la-fois tant de sou-
venirs de désordres, et tant d'idées de gloire ;
mais, de bonne foi, était-ce sous ce dernier
rapport qu'on pouvait reprocher à la royauté
d'avoir remplacé ce drapeau par celui auquel
s'attachèrent, pendant tant de siècles, l'honneur
et la puissance de la nation française? Notre nouvelle gloire militaire n'était-elle pas plus conve-
nablement représentée auprès du trône par ces
illustres maréchaux dont tous les noms rappellent
une victoire remportée en l'absence de la dynastie ? Cette dynastie nationale a-t-elle refusé d'a-
dopter un seul de nos trophées, un seul des lauriers de l'armée française ? C'est donc seulement
comme signe de rebellion et d'anarchie, que le
drapeau tricolore était arboré sur la tribune aux
harangues.

Je le demande, Monsieur, est-il étonnant
qu'après tant de calomnies, tant de mauvaises

doctrines, tant de déclamations insidieuses, ré-
pétées chaque jour, pendant cinq mois, avec une
violence toujours croissante, les séditions et les
révoltes fussent prêtes à éclater au premier incident ? Est-il étonnant qu'après avoir en quelque
sorte chargé de fluide électrique la grande roue
dont la faction s'était emparée, cette roue fût
prête, au moindre contact, à faire jaillir les étin-
celles fulminantes, à remplir la France de ses
effrayantes détonnations ?

La conduite du ministère et de la majorité
n'est pas moins digne de remarque, dans ces graves
circonstances, que celle du parti révolutionnaire.
Au milieu des cris et des fureurs de ses adversaires, le ministère a marché avec calme et fermeté, sans dévier un moment des voies légales
que la constitution lui traçait, et cette ancienne
opposition royaliste qu'on disait si exclusive, si
avide de pouvoir et de domination, si *ingouver-
nable* enfin, s'est, pour ainsi dire, sacrifiée aux
intérêts de l'ordre et de la royauté, sans exiger
ni l'admission de ses chefs dans le ministère, ni
les destitutions de ses anciens adversaires; elle
n'a répondu aux outrages et aux calomnies de la
minorité que par sa modération et son désinté-
ressement, par de solennelles protestations de
son amour pour la patrie et l'ordre constitutionnel.

Il est donc impossible à tout homme de bonne foi, de ne pas reconnaître que l'irritation de ses prits qui a éclaté dans la sédition de Paris, fut le résultat naturel des doctrines et des déclamations de plusieurs députés du côté gauche. Les faits particuliers de cette sédition ne montrent pas ce parti sous un aspect plus avantageux ; on le voit toujours avide de bruit et de désordre, au lieu de chercher à calmer l'irritation des esprits, faire tous ses efforts pour l'augmenter et l'étendre.

Un député de cette opposition, qu'une maladie grave obligeait de se faire apporter à la chambre, est reconduit en triomphe par des écoliers apostés en grand nombre au péristyle de la chambre ; cette ovation tumultueuse, étrangère à nos mœurs, provoque, autour de lui, une expression moins favorable de l'opinion opposée qui croyait avoir, comme la première, le droit de se manifester ; des rixes naissent de cette contradiction autour de ce député, qui renouvelle pendant plusieurs jours cette cause de trouble et de discorde, qu'il aurait pu éviter le lendemain en prenant une autre route pour retourner à son domicile. Des placards sont affichés la nuit dans les écoles, et invitent les étudians à se rendre en force pour protéger *les défenseurs de la Charte et des droits du peuple.* Des querelles

plus sérieuses que la veille éclatent autour de
l'enceinte législative ; des députés se mêlent dans
ces rixes ; deux d'entr'eux se permettent d'arrêter
eux-mêmes un citoyen qui criait *vive le Roi !* et
de le conduire par le collet au corps-de-garde ;
quelques autres sont appelés *Jacobins et Révolutionnaires ;* le peuple les somme de crier *vive
le Roi !* Un passant leur dit qu'ils ont voulu *la
révolution et qu'ils la danseront.* Un autre député qui se trouvait au jardin des Tuileries,
comme on en fermait les grilles, en est expulsé
avec la foule par les gardiens, malgré l'exhibi-
tion de sa médaille, et le lendemain tous ces
incidens sont dénoncés à la chambre par les
chefs du parti, qui déclarent à toute la France
qu'on a voulu les assassiner, que le gouvernement est complice de cette prétendue conspiration contre leurs personnes. Puis des éloges em-
phatiques sont prodigués à cette jeunesse, *réflé-
chissante et pensante,* qui saura défendre *la
Charte et la liberté ;* on exalte *sa raison pré-
maturée, sa sagesse, son patriotisme, sa volonté forte ;* on donne tort à la force armée qui
s'est permis de disperser également ceux qui
criaient vive la Charte ! et ceux qui criaient
vive le Roi ! et pendant les cinq jours suivans,
les places et les boulevards de la capitale sont
encombrés de jeunes écoliers que des meneurs

habiles conduisent, sans qu'ils s'en doutent, aux portes du faubourg Saint-Antoine, dans l'espoir de réveiller dans leurs bouges les vieux ouvriers de septembre et de prairial, mais où l'on répond aux cris de *vive la Charte ! vivent nos frères de Manchester !* par le cri de *vive le Roi !*

Certainement, Monsieur, je suis loin d'approuver les insultes qui ont pu être faites à des députés pour les doctrines qu'ils ont professées dans la chambre ; mais si cette expression de l'opinion populaire pouvait être excusée comme *un des accompagnemens obligés du gouvernement représentatif* (1), ce serait surtout par ceux qui ne craignent pas de provoquer la manifestation de cette opinion, lorsqu'elle leur est favorable, pour en tirer un argument au profit de leur parti contre le ministère. Je doute fort que si on n'eût pas crié *vive Chauvelin ! vive la Charte !* pendant plusieurs jours consécutifs, d'autres jeunes gens qui ne voulaient pas qu'on séparât la Charte du Roi, fussent venus crier autour de la chaise d'un député malade, *à bas Chauvelin, et vive le Roi !* Le cri de *vive le Roi !* n'est pas plus inconstitutionnel que celui de *vive la Charte !* et dans ce conflit très-fâcheux

(1) Expression d'un député de l'opposition, à l'occasion des charivaris donnés à Rennes, à des députés royalistes.

de deux partis opposés, le provocateur est évidemment celui qui a cherché le premier à heurter les opinions de l'autre.

Je sais bien que les jeunes gens qui, pendant trois jours, ont donné ce scandale à la France, prétendront qu'ils en avaient le droit ; mais je m'adresse à la bonne foi et nullement à la subtilité d'esprit. Avaient-ils le droit de venir apporter l'intervention matérielle de leurs personnes, de leur nombre, de leurs cris, dans une discussion législative ? Ne sortaient - ils pas de cette neutralité de fait, à laquelle doivent se soumettre les citoyens pendant que leurs organes constitutionnels délibèrent pour eux ? N'appelaient-ils pas, ne provoquaient-ils pas une intervention pareille de la part de l'opinion contraire ? Ne manquaient-ils pas au respect, aux ménagemens que doit tout homme de bien à ceux qui ne partagent pas sa manière de voir, dans une question qu'on discute ?

Et qui étaient ces hommes qui venaient fortifier, par leurs cris et leurs tumultueux suffrages, le vote d'un membre d'une assemblée délibérante ? Qu'étaient-ils pour interposer leurs volontés dans les affaires publiques, dans la discussion constitutionnelle des destinées de leur pays, tandis que les chefs de famille, les marchands établis, les citoyens qui possèdent une mai-

son, une boutique, un atelier, restaient dans le re-
pos et l'inaction? Ils étaient, pour la plupart, des
jeunes gens que des placards clandestins avaient
arrachés aux bancs de nos écoles (1); placés entre
tous les intérêts, entre toutes les connaissances,
entre toutes les classes civiles, entre tous les
liens, toutes les garanties politiques, ils ne sont
quelque chose que dans les espérances de la patrie. Ils sont entre tous les intérêts, car ils sont
hors de la surveillance de leurs familles, et ils
n'en ont pas fondé une autour d'eux ; ils sont
dans les demi-connaissances, car ils n'ont pas
achevé leur instruction ; ils sont entre toutes les
classes civiles, car ils étudient pour y être admis.
Ils n'offrent enfin aucune garantie à la société, car
ils sont loin de leur commune, de leurs surveillans
naturels. Étrangers au sein d'une grande ville, sans
domicile politique, sans droits civiques, sans liens
d'aucune espèce, ils n'ont, pour la plupart, autour d'eux, aucun des hommes de l'estime et de
la considération desquels dépendront un jour
leur fortune et leur prospérité ; et c'est au milieu
de l'espèce de candidature à laquelle la société

_____

(1) Dès le second jour un grand nombre de jeunes
commis-marchands s'étaient joints à ces rassemblemens; les
derniers jours on y voyait des ouvriers.

les astreint, c'est lorsqu'ils n'ont pas encore rempli toutes les conditions qu'elle exige d'eux pour leur permettre l'exercice d'une profession civile, lorsque, revêtus encore de la robe blanche, leur rôle devrait se borner à étudier les lois de leurs pays, qu'ils prétendraient les dicter?

Il est donc impossible de ne pas voir, dans cette sédition au nom de la Charte, une véritable entreprise contre la Charte, par un parti qui allait chercher, dans la société, tous les élémens de turbulence et de désordre, pour imposer, par le menaçant appareil d'une multitude en insurrection, ses prétentions et ses volontés exclusives aux pouvoirs constitutionnels stipulant régulièrement les intérêts de la propriété, de la royauté et de l'ordre public : il est impossible, quand bien même des cris séditieux n'eussent pas été proférés dans ces rassemblemens, quand bien même on n'eût pas eu la certitude que de l'argent avait été distribué dans les faubourgs, que des manufacturiers avaient à cette époque voulu fermer leurs vastes ateliers, pour livrer à l'oisiveté et aux séductions des chefs de partis, leurs nombreux ouvriers ; il est impossible, enfin, quand on n'aurait pas aperçu, dans la marche de l'insurrection vers les quartiers où elle espérait que les idées de proie et de désordre se trouveraient en plus grand nombre, l'effet d'un plan vaste et bien conçu, dont les meneurs

avaient seuls le secret ; il est, dis-je, impossible
de méconnaître dans cette insurrection, entre-
tenue, excitée et attisée chaque jour par les
apologies qu'on faisait à la tribune de la conduite des séditieux, par les couleurs odieuses sous
lesquelles on peignait celle du gouvernement et
de la force armée, les efforts d'une faction, soit
pour gêner la liberté des délibérations, soit pour
pousser la force irrégulière qu'elle avait mise sur
pied, à des entreprises révolutionnaires dont
l'issue n'eût pas été douteuse, si la fidélité de
l'armée, l'attitude ferme et imposante de l'autorité, n'eussent décidé la question à l'avantage
du trône et de la constitution.

Est-il besoin, après cet examen raisonné de
la conduite de la faction dans ces graves circonstances, de discuter les accusations qu'elle
élevait contre le ministère ? Elle l'accusait de
n'intenter aucune poursuite contre les auteurs
des insultes faites à des députés de l'opposition,
dans les premiers jours de juin ; mais ces députés
ont refusé au juge d'instruction tous les renseignemens qui leur furent demandés : elle l'accusait d'avoir employé la force armée pour dissiper les attroupemens, après la publication de
l'ordonnance de police qui les interdisait ; mais
combien le gouvernement n'eût-il pas été cou-
pable envers la société, si, chargé par elle de

maintenir l'ordre public, de protéger les propriétés et la liberté des délibérations législatives,
il n'eût fait aucun effort pour réprimer une sédition formée contre les opinions qui prévalaient
dans la majorité des deux chambres, une sédition qui cherchait à entraîner dans son mouvement une classe de citoyens, dont l'évocation,
dans des tems déplorables, a toujours été mar-
quée par des crimes, par des pillages, par des
excès qui sont la honte et la ruine des sociétés
policées !

Au reste, loin qu'on puisse reprocher au gouvernement d'avoir outre-passé dans l'emploi de
la force publique, ce qu'exigeaient strictement la
répression des troubles et le rétablissement de
l'ordre, il faut remarquer, comme une circons-
tance qui dépose pleinement en faveur de sa modération et de sa prévoyance, que, pendant cette
semaine orageuse où dix-mille soldats de toute
arme se trouvaient chaque jour engagés presque
hostilement avec la multitude, un seul accident
sérieux est venu affliger la patrie. C'est sans doute
beaucoup trop que la perte d'un citoyen, mort
victime d'un désordre où la sévérité de la con-
signe militaire avait été provoquée par des voies
de fait, dans lesquelles sa participation pouvait
être fortuite ou involontaire : mais, qui peut cal-
culer jusqu'où ces malheurs auraient pu s'éten-

dre, si les membres du gouvernement et les chefs
de la force armée n'eussent été inaccessibles aux
passions qui entraînaient le parti contraire?

La justice veut aussi, Monsieur, que j'accorde
un tribut d'éloges aux membres de la minorité,
qui, effrayés par les symptômes de guerre civile que l'obstination des chefs de leur parti faisait éclore dans cette capitale, ont été les premiers
à se retirer d'une faction résolue à tout sacrifier
pour le succès de ses prétentions et de ses vues
dominatrices. Si je ne m'étais imposé la règle de
ne faire, autant que possible, figurer aucun
nom propre dans cet exposé où la raison et la
vérité doivent peser de leur propre poids, sans
rien devoir aux préventions personnelles, j'ai-
merais à désigner à votre estime, quelques honorables députés de l'opposition, qui, ne pou-
vant faire prévaloir, dans un conseil de parti,
les sentimens de paix et de bien public dont
ils furent toujours animés, sortirent avec indi-
gnation de cette assemblée factieuse, et entraî-
nèrent dans leur défection par l'autorité de leur
exemple et de leur caractère, tous ceux de leurs
collègues qui se rangèrent à la proposition con-
ciliatrice de M. Boin.

Ainsi vinrent avorter devant la fidélité de l'armée française, devant la fermeté du gouvernement et le patriotisme de la grande majorité de

notre assemblée élective, les semences de révolte et d'anarchie, qu'un parti anti-social avait
répandues et développées dans le cœur d'une
jeunesse aveugle, par six mois de sophismes, de
mauvaises doctrines, de calomnies odieuses, et
de déclamations démagogiques.

Ce qui ajoutait encore de nouveaux dangers
à ceux que ce parti avait accumulés sur la France,
c'est la présence, malheureusement trop avérée
parmi nous, d'une faction militaire, qui, bien
que réunie avec la faction démocratique dans
une opposition commune contre le gouvernement
du Roi, ne conserve pas moins des principes
et des intérêts propres qu'elle est toujours prête
à faire prévaloir sur ceux de ses auxiliaires, toutes les fois que l'heure du triomphe paraît s'a-
vancer pour ces deux filles de la Révolution.

Depuis la restauration, le parti jacobin et le
parti de l'usurpation n'ont cessé de s'observer
et de lutter d'efforts et de vîtesse pour l'attaque
de la monarchie légitime ; c'est à qui des deux
assaillans pourra planter, le premier, son éten-
dard sur la brèche, afin d'occuper le terrain au
moment de la victoire, et de dicter la loi à ses
auxiliaires.

Aussi, Monsieur, les conspirations ne viennent-
elles jamais seules dans notre malheureuse France ; et il n'est pas d'insurrection civile, qui ne

puisse faire prévoir l'existence de quelque complot militaire , moins étendu , mais peut-être
plus profondément criminel , plus audacieux ,
plus fortement ourdi, plus près , enfin , des ten-
tatives d'exécution.

C'est, n'en doutons pas , à cette funeste rivalité
entre deux factions ennemies de la légitimité ,
qu'il faut attribuer cette conjuration militaire ,
si heureusement éventée par le gouvernement, et
qui, si elle eût réussi, aurait surpassé dans la
carrière du crime , tout ce que l'histoire a légué
de plus atroce à l'exécration des races futures.
Comme cette affaire est encore enveloppée des
voiles d'une instruction préparatoire, je m'abstien-
drai d'en faire la matière de réflexions , qui seraient au moins intempestives ; j'observerai toutefois que le meilleur moyen pour mettre le trône
et la constitution à l'abri de pareils attentats, de
la part de la faction militaire , c'est de composer
la chambre des députés, de manière à ce que les
principes sur lesquels la royauté est assise, ne
soient point attaqués par l'opposition qui ne
peut manquer de se former sur les mesures en
discussion ; de manière à ce que les discours et
les efforts de cette opposition ne tendent pas à
donner l'essor aux idées de bouleversemens et de
désordres , aux espérances criminelles des ambitieux et des intrigans révolutionnaires : la faction

militaire ne se porte jamais en avant, qu'autant qu'elle peut espérer de trouver, dans le peuple égaré par les démagogues, des dispositions à un changement de gouvernement, qu'elle se croit intéressée à réaliser elle-même pour le faire tourner à son profit. Les hommes d'exécution ne se mettent en marche que lorsqu'ils se sentent appuyés par la démocratie, que lorsqu'ils craignent de la voir prendre sur eux l'initiative : toute concession du gouvernement, tout faux mouvement de l'opinion publique, qui tendrait à fortifier le parti révolutionnaire, aurait donc pour résultat de faire éclore les conspirations militaires : cette réflexion mérite toute l'attention des bons Français, qui veulent la conservation de la royauté et de la constitution.

Je ne terminerai pas cet exposé des événemens de la session dernière, sans vous donner l'explication de cette fameuse pétition *Madier-Montjau*, qui a fourni à la faction révolutionnaire, le texte des insinuations les plus coupables contre les héritiers de la couronne.

M. Madier dénonçait, comme vous savez, l'existence d'un gouvernement occulte, auquel il attribuait la direction des affreuses vengeances exercées par les royalistes du midi, contre ceux qui les avaient persécutés pendant les cent jours; il attribuait à ce gouvernement occulte, une

suite non interrompue de manœuvres et d'intrigues, pour contrarier la marche du gouvernement du Roi, pour empêcher l'établissement du
système représentatif, pour détruire ce système
au profit *de la féodalité* et du pouvoir absolu; il
lui attribuait enfin toutes les vexations, tous les
crimes, toutes les réactions qui avaient pu être
commis dans les premiers jours de la seconde
restauration, avant qu'il eût été possible de désarmer les partis encore en état de guerre civile,
dans les départemens éloignés de la capitale; et
il faisait de plus tomber sur cette puissance occulte, toutes les calomnies qui avaient été for-
gées depuis contre les royalistes.

Cette dénonciation qui, par la portée qu'il lui
donnait, tendait visiblement à dépouiller une
tête auguste de l'héritage d'amour et de respect,
qui fait la force et la puissance de nos rois, était
appuyée sur la citation de deux circulaires numé-
rotées, dont il avait, disait-il, pris une parfaite
connaissance, et qui auraient eu pour objet, de
soulever, à l'occasion de la mort de Monseigneur
le duc de Berry, l'ardente population du midi
contre le parti prétendu libéral, et contre le gouvernement du Roi. Il s'engageait au reste formellement à fournir les preuves de ses assertions,
lorsqu'il en serait légalement requis.

Pour les hommes habitués à voir de près la po-

litique et les mouvemens des factions, il était
présumable que cette démarche de M^r. Madier-
Montjau était le résultat d'une intrigue dont
il était l'instrument volontaire ou aveugle ; car si
ce magistrat n'eût agi que d'après des idées de
devoir et de patriotisme, il eût suivi la route
toute simple, indiquée par les lois aux citoyens
qui ont à dénoncer des conspirations contre l'ordre public et contre l'état ; il eût déposé les faits
dont il aurait eu connaissance, entre les mains
du Procureur du Roi, et il eût attendu de la
marche régulière de la justice, la découverte du
complot et la punition des coupables.

Il était donc clair que la démarche de M^r. Madier-Montjau était calculée pour produire au
loin un effet politique, et le but de cette démarche devenait alors très-facile à découvrir.

On voulait, par cette pétition, fournir un
texte aux orateurs de la faction, pour remplir
toute la France des accusations les plus propres
à *dénationaliser* la dynastie, à inquiéter les amis
de la Charte, par l'image d'un pouvoir secret
travaillant à la destruction du régime constitutionnel, et préparant les réactions et les vengeances ; on voulait rendre odieux au peuple ce
prétendu pouvoir, qu'on plaçait à la tête des
malheureux événemens dont la ville de Nîmes
avait été le théâtre ; on voulait enfin, et c'est là

surtout que se découvre une combinaison pro-
fonde du génie révolutionnaire, se servir même
du gouvernement du Roi, pour attaquer la légitimité dans son avenir, en faisant croire aux
ministres que leur administration était entravée
par les manœuvres d'une faction organisée, qui
avait dans les successeurs à le couronne, le cen-
tre de son action.

Ainsi la puissance de la royauté, la force
qu'elle tire de l'amour des Français et de la
constitution, toute son autorité, toute son influence eussent été tournées contre elle-même,
et le gouvernement présent eût combattu et peut-
être détruit le gouvernement futur, si la sagesse
des ministres ne les eût préservés des embûches
qu'on leur tendait.

Quoiqu'il en soit au surplus, des vrais motifs
qui déterminèrent M. Madier-Montjau, il est de-
meuré bien certain, qu'il n'existait en France,
d'autre *gouvernement occulte*, que celui du
comité-directeur dont un jugement avait rompu
l'organisation officielle, mais qui pendant la dernière session, n'a cessé d'entraîner l'opposition
dans la marche funeste qu'il avait tracée, et qui
n'a peut-être pas été sans influence, sur les désordres qu'on a vu éclater depuis, en plusieurs
villes du royaume.

Vous me demanderez sans doute, Monsieur,

5

si quelques indices récens ont révélé la conti-
nuité des intrigues de cette faction ; je répondrai
en vous citant un incident très-remarquable, qui
dans le mois dernier est venu prouver que des
hommes cherchaient à lever sur le parti, une
contribution d'argent pour un usage qui paraît
très-suspect.

Vous vous rappelez cette fameuse souscription
nationale, qui à la suite de la loi sur la liberté
individuelle, s'était présentée avec une organisation complète et une correspondance générale,
pour offrir une véritable protection politique, et
des sommes d'argent aux hommes qui seraient
arrêtés en vertu du pouvoir extraordinaire, con-
féré par les chambres aux ministres du Roi.
Comme ce pouvoir ne s'appliquait, aux termes
exprès de la loi, qu'aux *prévenus de complots
contre le Roi, contre les princes de la famille
royale et contre l'état*, le jury vit dans la publication du prospectus de cette souscription, un
véritable délit national, et il condamna à des
peines plus ou moins graves, les éditeurs des
journaux qui avaient ouvert leurs feuilles à ce
prospectus.

Cette affaire paraissait donc abandonnée,
quand, il y a quelques semaines, une circulaire,
sortie de l'imprimerie des frères Baudouin, vint,
sous le prétexte de subvenir aux secours nom-

breux que réclamait, en faveur de cette espèce de
détenus, la manière dont s'exécutait la loi sur la
liberté individuelle, faire un appel *aux trésors
du riche et à l'épargne du pauvre.*

Cette circulaire tomba dans les mains des ré-
dacteurs des journaux opposés, qui la publièrent.
Or, il fut solennellement déclaré dans un article du *Moniteur*, que le nombre des personnes
détenues en vertu de la loi en question se rédui-
sait, à l'époque de l'émission de la circulaire, à
un seul prévenu dans toutes les prisons du
royaume. A quel usage les auteurs de cette lettre
destinaient-ils donc le produit de la contribution, pour laquelle ils faisaient *un appel aux trésors du riche et à l'épargne du pauvre ?*

Comme cette circulaire indiquait pour le ver-
sement des fonds, les bureaux d'un banquier
membre de la chambre des Députés, ce banquier
se crut obligé de donner à cet égard de longues
explications aux ministres, et il résultait de sa
lettre insérée avec son consentement au *Moniteur*, que la circulaire avait été, à son insu, re-
mise à l'impression par un de ses commis qu'il
venait, pour ce fait, de renvoyer de ses bureaux.

Les frères Baudouin craignant de rester plus ou
moins compromis dans cette obscure affaire, se
hâtèrent de déclarer qu'ils avaient imprimé la
circulaire avec d'autant plus de sécurité, que le

commis qui leur avait commandé cette publication, avait toujours été auprès d'eux l'organe du
député qui la désavouait ; en sorte qu'il est de-
meuré avéré qu'une tentative a été faite, pour
lever de fortes sommes d'argent sur le parti de
l'opposition, sans qu'on trouve d'autres auteurs
de cette tentative qu'un obscur commis.

L'obligation que j'ai prise, Monsieur, de vous
entretenir exclusivement, dans cette lettre, des
faits que ma résidence à Paris m'a mis à portée
de bien connaître, me dispense de parler avec
étendue, des scènes plus ou moins tumultueuses
qui ont marqué les voyages dans les départemens, de quelques membres de la chambre.
Que des orateurs, qui, pendant la session dernière, avaient parlé dans le sens des passions
démocratiques, aient recueilli dans nos villes le
fruit des fausses opinions qu'ils avaient semées ;
que des députés d'un autre côté de l'assemblée,
voyageant pour leurs affaires ou pour se délasser
de leurs travaux, aient été l'objet de graves insultes, tout cela est affligeant, quoique facile à
expliquer par le degré d'exaltation où les démagogues avaient élevé leur parti.

Je me trouve enfin, Monsieur, arrivé à cette
partie de ma lettre, où la tâche que je me suis
prescrite, n'a plus rien de pénible à remplir. J'ai
épuisé avec vous, tous les détours de l'obscur

dédale créé par l'esprit de parti autour de l'intérêt public. Toute la série de désordres, d'erreurs, et d'intrigues que j'ai été forcé d'offrir à
vos regards, appartient à un passé dont la France
paraît être sortie pour long-tems. Il ne me reste
donc qu'à fixer un moment votre attention sur un
présent, affranchi déjà en partie de la funeste
puissance qui entravait nos destinées, pour la
porter ensuite vers un avenir où il est permis de
placer des espérances de paix et de bonheur,
qu'il dépend de nous de réaliser.

S'il était nécessaire de prouver par de nouveaux
argumens, combien sont étrangers aux vrais intérêts de notre pays, ceux de la faction qui se
donne pour l'organe des besoins et des vœux
de la société ; s'il était nécessaire de faire ressor-
tir la fausseté et l'injustice des accusations qu'elle
ne cesse d'élever contre le gouvernement, il suf-
firait d'esquisser le tableau de la situation floris-
sante où se trouve aujourd'hui la France. A aucune époque, l'agriculture, l'industrie, le commerce n'ont joui d'une prospérité plus satisfai-
sante ; à aucune époque, l'administration n'a
exercé sur les diverses branches de l'intérêt national, une action mieux réglée, plus effective,
moins vexatoire ; jamais les routes, les édifices
les monumens n'ont été mieux entretenus ; jamais
les travaux généraux n'ont été suivis avec plus

d'activité ; jamais notre système de navigation
intérieure n'a été plus encouragé ; jamais il n'a
offert aux spéculateurs un emploi si sûr, si
avantageux de leurs capitaux ; le crédit public a
triomphé de toutes les vicissitudes auxquelles
la société s'est vue livrée dans la session dernière ; et l'on assure que des réductions importantes seront faites l'année prochaine, à diverses
espèces de contributions ; enfin, la justice est
administrée avec vigilance et sévérité ; les rapports et les transactions des citoyens trouvent,
dans la vigueur des lois civiles et commerciales,
toutes les garanties nécessaires.

Sans doute quelques intérêts particuliers ont
à souffrir dans le développement rapide de l'industrie nationale ; sans doute le grand nombre
de concurrens qui s'élancent chaque année dans
cette lice ouverte à toutes les ambitions, force
quelques anciens manufacturiers à se retirer devant des arrivans, qui eux-mêmes seront peut-
être à leur tour vaincus par des rivaux, plus in-
génieux ou plus habiles ; mais ce déplacement
perpétuel, très-malheureux pour ceux qui en
sont les victimes, paraît en définitive servir les
progrès de l'industrie nationale ; il est une con-
séquence nécessaire de cette liberté illimitée du
commerce, à laquelle l'opinion publique semble
fortement attachée, et qui, d'ailleurs, compte

dans le parti démocratique ses plus bruyans apologistes.

On ne peut donc comparer l'état prospère où se trouvent tous les intérêts positifs de la société, avec l'inquiétude d'esprit, l'agitation et le trouble d'idées, qui, depuis quelques années, ont fait chez nous des progrès si alarmans, sans reconnaître que notre situation morale n'a sa cause dans aucune souffrance véritable du corps social ; sans doute cette prospérité positive, tout importante, toute précieuse qu'elle est, ne saurait constituer, à elle seule, le bonheur d'une nation; sans doute il est pour les hommes, des biens d'une évaluation tellement supérieure à tous les calculs, que leur privation rendrait pour eux sans prix les autres bienfaits de l'existence ; mais, Monsieur, ces biens qu'on trouve dans la liberté et le règne des lois, qui peut dire que nous n'en jouissons pas en France dans une très-grande étendue ? En dépit des deux mesures d'exception que les attaques révolutionnaires d'une faction ont rendues indispensables au salut de la constitution, quel est le Français qui pourrait soutenir qu'il n'a pas la liberté de publier son opinion sur les affaires publiques, quand l'arêne des brochures lui est restée ouverte ? Qui pourrait se plaindre de la loi dont le ministère est armé pour arrêter les prévenus de complots contre l'état, si, au moment où j'écris, pas un seul citoyen n'est détenu en vertu de cette loi? Quelqu'un de nous est-il troublé dans l'exercice de sa religion, violenté dans sa conscience? Existe-t-il un fonctionnaire assez puissant pour toucher à notre propriété, autrement que pour cause d'utilité publique, et avec indemnité? Quelques jugemens récens prononcés par les jurys sur des délits d'opinions, nous font-ils craindre, dans cette institution, une dépendance abusive du pouvoir? Enfin, ne sommes-nous pas appelés, par notre participation dans l'élection des députés, à faire représenter nos intérêts et nos opinions dans le sanctuaire de la législation?

De bonne foi, Monsieur, il y a heureusement, fort loin de cet état de choses, à la situation d'un peuple qui gémit sous le despotisme et l'arbitraire : sur quoi donc se portent les déclamations de la faction révolutionnaire; sur quels griefs, fonde-t-elle ses hostilités éternelles contre le trône et les principes qui le soutiennent? Sur les *intentions* qu'elle prête au gouvernement du Roi. Félicitons donc ce gouvernement, de ce que la malveillance si active, si furieuse, de ses ennemis, ne peut trouver, ni dans ses actes, ni dans une administration qui agit au grand jour dans l'étendue d'un vaste territoire, un seul motif plausible à ses attaques et à ses entreprises; mais combien ne serions-nous pas insensés, nous qu'aucun antécédent n'oblige à désirer le renversement de l'ordre et de la monarchie, si nous consentions à sacrifier tous les avantages réels dont nous jouissons, à la peur qu'on nous aurait faite *d'une intention, d'une pensée* imputée gratuitement aux ministres, par des hommes dont la position, vis-à-vis la royauté, rend la pénétration fort suspecte.

Je suis, au surplus, très-éloigné de trouver que notre organisation sociale, ne puisse pas éprouver des améliorations importantes : je crois au contraire, qu'il nous reste beaucoup à faire pour mettre cette organisation en harmonie parfaite avec le gouvernement représentatif ; mais je ne connais qu'un moyen pour arriver à ce résultat également avantageux pour l'ordre et la liberté : c'est de choisir, pour députés, des hommes dont les antécédens et les principes ne soient pas inconciliables avec la sécurité du trône ; des hommes qui arrivés sur les bancs de l'assemblée législative, ne se disent pas envoyés par le peuple, pour faire une guerre de souverain à souverain, contre la royauté légitime ; des hommes, enfin, dont le nom seul ne soit pas pour cette royauté, et pour la chambre héréditaire, un avertissement d'augmenter leurs ouvrages de défense, au lieu de les abandonner au profit de la liberté.

Pour peu que nous reportions nos regards sur
les événemens des précédentes législatures, nous
trouvons, Monsieur, que les développemens de
notre régime constitutionnel n'ont été arrêtés que
par suite des attaques livrées à la royauté par la
faction révolutionnaire. Que de projets de loi pré-
parés longuement dans l'intervalle des sessions,
rentrèrent dans les porte-feuilles des ministres, à
la vue des choix hostiles qui sortaient de l'urne
électorale ! Et en effet, comment la royauté peut-
elle songer à étendre la liberté du peuple, quand
la démocratie abuse de cette liberté pour saper
toutes les bases du trône, et pour travailler à l'envahissement de la souveraineté ? Ainsi cette faction
révolutionnaire, qui, à l'entendre, pouvait seule
faire marcher le gouvernement dans les voies de
la Charte, ces théoriciens fameux, ces grands
faiseurs d'utopies, ces hommes forts en principe,
qui semblaient n'avoir qu'à se montrer, pour réaliser sur le champ, parmi nous, le système représentatif dans toutes ses parties, n'ont servi, au
contraire, qu'à nous arrêter court dans la carrière constitutionnelle : je ne sais même comment
ils s'y sont pris ; mais les plus grands succès qu'ils
aient obtenus à deux époques différentes, ont
eu pour résultats de faire tomber deux fois sur
nous le joug des lois d'exception ; tant il est
vrai que la royauté trouvera toujours, dans la

constitution et dans l'appui des intérêts dont le
trône est la garantie, des moyens de résistance
supérieurs à toutes les attaques de ses ennemis!

Ce qui élève véritablement cette royauté au-
dessus des hasards du gouvernement représentatif et des intrigues des factions, c'est l'espèce
de miracle opéré en sa faveur par la Providence,
pour frustrer la Révolution de l'héritage que le
crime avait préparé pour elle. La naissance de
Monseigneur le duc de Bordeaux est venue ré-
véler au monde deux vérités sur lesquelles les
ennemis de l'ordre s'efforçaient depuis long-tems
de jeter des doutes funestes : l'existence d'une
puissance supérieure aux combinaisons des mé-
chans, et qui sait déjouer le génie du mal, même
dans ses horribles succès ; et l'amour de la nation
française pour une dynastie inséparablement
unie à nos destinées. Les transports de joie et
d'allégresse que toutes les classes sociales ont
fait spontanément éclater dans tous les départemens, et notamment dans cette capitale, ont dû
enlever à la faction révolutionnaire le peu d'espoir que la dernière session lui avait laissé. Né
en quelque sorte dans les bras du peuple et de
l'armée, le royal enfant a renouvelé l'alliance qui
depuis tant de siècles unissait la France et les
Bourbons ; les sentimens d'amour qui l'ont ac-
cueilli à sa bien-venue au monde, contribueront

dès aujourd'hui à fortifier le trône qu'il est destiné à occuper. Plus de division entre les royalistes, entre les vrais Français ; tous doivent se rallier près de son berceau.

Les promotions dans l'ordre du Saint-Esprit, dont cet heureux événement est devenu l'occasion, donnent encore un démenti solennel aux calomnies injustes et ridicules, qui supposent la dynastie légitime animée pour la noblesse ancienne d'une partialité qui, si elle existait, serait aussi injuste dans son principe que contraire à l'essor des louables ambitions et des talens distingués. Non-seulement par l'ordonnance royale, le cordon bleu est allé rehausser l'éclat des nouvelles illustrations que nous avons vu commencer dans nos rangs ; mais encore des hommes honorables que la classe plébéienne est encore fière de conserver dans son sein, ont reçu du Roi les glorieux insignes du premier ordre de la monarchie.

Ainsi, Monsieur, sous le gouvernement où nous vivons, les citoyens de toutes les conditions peuvent, aussi bien que dans les époques de révolution, arriver aux honneurs et aux dignités ; seulement ils ne sont portés aux premiers rangs de la société que par des talens et des vertus, que par des services rendus à l'ordre et à l'intérêt public, tandis que dans les

tems de trouble et d'anarchie, l'élévation et
l'agrandissement des individus sont souvent le
prix des intrigues, des prévarications et des
malheurs publics.

Je n'ai, Monsieur, rien à ajouter aux détails
que j'avais pris l'engagement de vous fournir ;
vous avez vu dans quelle fausse voie une coalition d'intrigans et d'ambitieux avait entraîné
l'opinion publique ; vous avez pu reconnaître à
leur conduite, à leur manœuvre, à leur audace,
à leurs principes et à leurs discours, les mêmes
hommes qui, pendant trente ans, ont main-
tenu le trouble et le désordre au sein de notre
beau pays, et ont attiré sur lui les calamités
et les désastres ; vous savez dans quel sens doivent se faire les élections pour soutenir la constitution du côté où elle est menacée de tomber. Si
vous voulez des séditions, des conspirations, des
révolutions ou des lois d'exception, envoyez-
nous des députés unis, avec la faction révolutionnaire, de principes et d'antécédens : si, au contraire, vous voulez le perfectionnement et le développement des institutions constitutionnelles,
si vous voulez le rétablissement de l'ordre, si
vous voulez que la France prenne de plus en
plus en Europe, l'attitude imposante qui appartient à sa grandeur et à sa puissance, si vous
voulez, enfin, qu'heureuse et libre, elle puisse

jouir du bienfait de la Charte qu'elle doit à la sagesse de son Roi, envoyez-nous des députés dont les opinions et les principes soient, pour le trône, un gage de sécurité ; des gens de conscience et d'honneur, qui ne puissent pas sacrifier leur pays à leur ambition ou au désir d'une vaine popularité ; envoyez-nous des hommes, qui, loin d'entrer comme élémens de désordre dans la puissance législative, sachent respecter tous les intérêts acquis et légitimes de notre société et tous les vrais principes de notre monarchie constitutionnelle, et qui ne perdent pas de vue enfin que la Charte a été fondée pour l'harmonie et la liberté de ces intérêts, et nullement pour donner à un seul pouvoir, le moyen d'envahir et d'opprimer tous les autres.

FIN.

PIÈCES JUSTIFICATIVES.

Extrait du Censeur Européen du 11 Juillet 1819, N°. 27, page 3, 2ᵉ. et 3ᵉ. colonnes.

Société des Amis de la liberté de la presse.

Après les réceptions d'usage, la société a ouvert sa séance par une œuvre de bienfaisance, en votant *un secours* de 100 francs, *en faveur d'un imprimeur,* victime de l'ancienne législation sur la presse.

Elle a entendu le rapport de la commission chargée (dans une séance précédente), d'examiner les faits et la procédure concernant Mʳ. Bavoux. Quant aux faits, etc., etc., (suit une analyse du rapport).

..... L'ordre de la discussion appelait ensuite la continuation du rapport sur l'organisation du jury ; le rapporteur a rappelé en peu de mots son système d'éligibilité (suit encore l'analyse de ce nouveau rapport, comme les journaux ont coutume de rendre compte de ceux qui sont présentés aux chambres sur les projets de loi).

..... Quelques membres de la société, après avoir entendu ce rapport, ont annoncé qu'à la prochaine réunion, ils développeraient un système d'éligibilité basé sur l'organisation électorale actuelle. Il est probable que cette question sera vivement débattue, la commission se fondant, pour soutenir son système, sur l'impossibilité de trouver en France un assez grand nombre de jurés payant 300 fr. d'impôt.

Les élections prochaines occupent la France entière ; elles devaient attirer l'attention d'une société
qui prend un vif intérêt à tout ce qui peut influer
sur le bonheur de la patrie ; on a donc proposé de se
communiquer dorénavant les renseignemens, qui vien-
draient à la connaissance des membres de la société,
sur la personne des candidats portés à la députation
par les différens partis. Une discussion s'est engagée
à ce sujet ; elle a prouvé combien sont droites et vrai-
ment patriotiques les intentions qui animent *les amis
de la liberté de la presse ;* tous les orateurs ont una-
nimement protesté contre les insinuations perfides
des écrivains du gouvernement. Ils ont déclaré que la
société, EN NOMMANT UNE COMMISSION ÉLECTORALE,
n'a eu d'autre but que d'associer ses vœux et ses conseils à ceux des électeurs de la France entière, parce
que, le choix d'un seul député intéressant tous les
citoyens, *tous sont responsables du résultat des élections.* Les Français qui habitent Paris, ne s'attribuent
par là aucune prérogative sur les Français qui habitent les départemens ; mais leur position les mettant
à même *de réunir des renseignemens recueillis sur tous
les points du territoire, leur donne voix délibérative*
dans le grand conseil national, etc. , etc.

Nota. Ces comptes rendus des séances du comité-directeur
se trouvent dans tous les journaux révolutionnaires de la
même époque. On voit, par l'extrait ci-dessus, que ce véritable club s'occupait d'objets tout-à-fait étrangers *à la liberté de la presse ;* on voit aussi qu'il donnait des secours
d'argent aux imprimeurs atteints par les tribunaux ; on voit
qu'il avait *une commission d'élections,* qui désignait ses candidats à toute la France ; on voit enfin qu'il s'ingérait de dé-

libérer des projets de loi, et qu'il ne lui manquait qu'une plus grande popularité, pour envahir le gouvernement comme le fameux club des jacobins, dont il n'était qu'une imitation. On sait, au reste, comment cette société a été dépouillée de son officialité, par le procès qui est venu la troubler dans ses travaux; mais on sait aussi qu'elle a conservé tous ses moyens d'action sur l'opinion publique, et que son influence n'en a été ni moins active ni moins funeste.

Extrait du Censeur Européen du 16 Juillet 1819, N°. 32, page 2, 2ᵉ. colonne, ligne 60.

..... Reste donc, pour soutenir dans l'Isère la cause de la liberté, Mʳ. Grégoire, d'abord si généralement connu PAR SES ADMIRABLES ANTÉCÉDENS, qu'il est inutile d'en parler ici. Sa nomination *paraît certaine*, en dépit des mouvemens que se donnent les amis des ministres, pour écarter *ce digne candidat* avec lequel le pouvoir sait bien *qu'on ne transige point* (1).

Louvel a dit d'abord être parti de Metz pour Calais en 1814, dans le dessein d'assassiner le Duc de Berri. Mais aucun des princes n'a débarqué à Calais, et Louvel devait le savoir. Aussi, dans un interrogatoire subséquent, il a dit que c'était pour assassiner le Roi : autre mensonge, car on a prouvé à **Louvel** qu'il n'avait pu partir de Metz que le 7. mai; et, à

(1) Quelle transaction, en effet, serait possible entre la royauté et le régicide?

6

cette époque, l'arrivée du Roi à Paris était annoncée
à Metz. Embarrassé par cette observation, Louvel a
dit dans un interrogatoire postérieur, qu'il allait à
Calais prendre des informations sur ce qui se passait
en France. Cette explication est ridicule.

Louvel va de Calais à Fontainebleau, et ne se rap-
pelle pas d'abord, chose étonnante! s'il a passé à
Paris. Si son dessein eût été de se rapprocher de la
famille royale, ou même de prendre des informations
sur l'état des choses, il eût dû venir à Paris, s'y arrêter ; point du tout, il néglige Paris, quitte Fontainebleau, va à l'île d'Elbe, y travaille, dit-il, *de son
état,* et revient en Savoie, où il attend tranquillement
à Chambéry le retour de l'usurpateur. Il vient rejoindre Bonaparte à Lyon, le suit à Paris, rentre dans
la sellerie, va à Waterloo, revient à la Malmaison,
suit les équipages à Blaye, va rejoindre Bonaparte à
Rochefort, y arrive un jour après l'embarquement,
se rend à La Rochelle, et y fait, dit-il, fabriquer le
poignard.

Ce n'est pas tout : le coutelier qu'il a indiqué
comme ayant fabriqué le fatal instrument, est appelé;
il ne reconnaît ni l'homme, ni le fer. Il déclare que
cet instrument n'a point été fabriqué chez un coutelier ; il déclare que ce poignard est fraîchement aiguisé ; Louvel persiste à dire qu'il est tel qu'il lui a été
remis par l'ouvrier, il y a cinq ans. Cette circons-
tance est frappante : Louvel pouvait dire, sans crainte,
qu'il l'avait aiguisé lui-même il y a peu de tems ;
pourquoi fait-il ce mensonge? pour dérouter les re-

cherches, pour reporter à une époque fort éloignée
les moindres circonstances du complot, dont les préparatifs ont eu lieu il y a quelques mois ; car le repassage du poignard est aussi un de ces préparatifs, et
il a été constaté par des couteliers, que ce repassage
avait été fait à une époque récente.

EXTRAIT DU DISCOURS D'UN ORATEUR DU CÔTÉ GAUCHE
A LA CHAMBRE DES DÉPUTÉS. — *Séance du 23 Mars 1820.*

La liberté individuelle des Français vient d'être
ajournée par vous *au profit du pouvoir arbitraire :*
on vous demande aujourd'hui, au mépris du droit de
la pensée, *un privilège exclusif pour la distribution
périodique des doctrines qui consacrent l'arbitraire,*
et pour la plus grande sécurité de ceux qui exercent
le pouvoir. *Le droit de pétition, le droit d'élection,
sont aussi attaqués,* et déjà une indiscrète impatience
a dévoilé ces projets. *Ainsi, tandis que la liberté eu-
ropéenne marche à pas de géant, que la France veut
et doit rester à la tête de ce grand développement de
la dignité et des facultés humaines,* un gouvernement
auquel on ne peut reprocher l'hypocrisie, prétend
nous entraîner dans un mouvement rétrograde, et
agrandir de plus en plus *l'intervalle qui le sépare de
la nation.*

...... Aujourd'hui même qu'il circule des alarmes
sur un envoi de troupes françaises en Espagne ou sur
le passage accordé à une armée étrangère pour aller
combattre les Espagnols, ce bruit paraîtra incroyable,
jusqu'à ce que les journaux l'attestent par le compte

qu'ils rendront des délibérations de l'assemblée. En effet, tant qu'un acte d'accusation contre le ministre des affaires étrangères n'aura pas été déposé à cette tribune, on ne pourra croire qu'il soit question *de porter des fers à ce peuple magnanime qui déjà de la frontière nous fait entendre les accens de la liberté.*

Mais revenons à la crise naturelle où se trouve l'Europe, et où l'on s'obstine à nous replacer nous-mêmes. *Partout les privilèges et les droits sont en présence ; partout on voit renaître ce système d'une sympathie libérale et mutuelle qui avait d'abord uni tous les peuples en* 1789*,* que les tourmens de l'anarchie et les excès de l'ambition avaient éteinte.

Quant à nous, il est tems encore de retenir notre liberté dans les limites posées par la Charte : *que la loi des suspects soit révoquée ;* rejetons la censure de la presse : que le gouvernement retire son projet de loi d'élections, et lui substitue les institutions si long-tems promises ; que la Charte soit respectée ; *car la violer, c'est dissoudre les garanties mutuelles de la nation et du trône ; c'est nous rendre nous-mêmes à toute l'indépendance primitive de nos droits et de nos devoirs.*

Nota. Ailleurs le même orateur dit que les députés sont nommés pour déclarer au peuple quand ses droits sont violés.

Pour rappeler quels étaient le ton et la tendance de l'opposition, j'ai pris en quelque sorte au hasard un des discours qui furent prononcés à cette époque ; celui-ci, tout révolutionnaire qu'il est, n'est, assurément, ni le plus violent ni le plus dangereux. Comment l'action continue et prolongée pendant six mois de ces déclamations démagogiques, pourrait-elle être étrangère aux événemens qui ont eu lieu ?

www.ingramcontent.com/pod-product-compliance
Lightning Source LLC
Chambersburg PA
CBHW060457260626
47161CB00005B/2144